當風止息時
琉璃鬼殺 01
Misa—著
Izumi—繪

楔子

遙遠的某處深山中，黃鶯的鳴聲繚繞在林間，清澈的溪水潺潺流動，空氣清新得毫無雜質，隱約還有股香甜的味道。

這裡彷彿世外桃源，放眼望去全是翠綠的成片竹林。

山裡有一座宅院，巨大的院門是木製的，外牆上並沒有門牌。

宅院四周環繞著矮石牆，防護看起來不是特別嚴密，但若想窺視裡頭也不容易，因為有幾叢青竹、柏樹以及桃樹等沿著矮牆內側種植，遮蔽了視線。

一般旅人行經此處都會對這神祕的宅院感到好奇，可當他們靠近時，總會忽然想起有其他要緊的事情，因而離去。

這全是由於結界的關係，這裡有著令所有妖怪和魔物畏懼的強大結界。

宅院的主棟是ㄇ字型的三合院，屋內鋪著榻榻米，融合了中式與日式風格，而別院之中則有好幾棟純日式的屋子。

忽然間，大地微微震動。

主棟屋內的一個房間裡，正在下棋的男人眉頭輕皺，他正思考著該怎麼走眼前的棋。

下一刻──

「主子。」一名侍僕來到房間拉門外，蹲坐在那裡，隱約能看見他的影子映在門上，「人到齊了。」

「都說過沒辦法了，他們怎麼就是放心不下呢？」男人將手中的五角棋放到棋盤上，看向對面空著的坐墊，微笑道：「該妳了。」

空氣中出現一絲絲扭曲，一團霧氣升起。

一道身影慢慢顯形，白皙的纖手持扇遮掩在嘴邊，顯然是女性。白霧中的女人身形如夢似幻，讓人看不眞切。

「將軍。」女人的聲音有種虛無般的空靈。

「老是贏不了妳啊。」男人笑道。

「還不過去嗎？」女人的唇色紅豔，笑聲宛如銀鈴。

「這已是注定的事情，急也沒有用，不是嗎？」男子起身，下意識撫摸著自己腰間的墜飾。

「雖說是注定，但也須安撫那些蠢蠢欲動的傢伙。」女人再次逐漸化爲輕霧，在她完全消失之前，可以看見那雙帶著笑意的鳳眼瞇得如新月般，「或是防範。」

看著女人消失，男人嘆了口氣。

注定會發生的事情，無論怎麼預防都沒有用，該來的時候就會來。

但正如女人所說，仍要防範於未然。

於是男人走向拉門，他腳步很輕，外頭的侍僕沒有聽見，便被忽然拉開門的男人給嚇到了。

「主子！」他連忙低下頭，保持著恭敬的跪坐姿勢，「請移駕至大廳。」

「來不及了。」男人掏掏耳朵，隨性地將及肩長髮往後一梳，接著手臂往一旁的牆上靠去，「抓緊東西吧。」

侍僕還沒反應過來，忽然一陣天搖地動，山林裡的動物們慌忙逃竄，鳥兒驚飛，身體失去平衡的侍僕往後一仰，差點跌到旁邊的庭院中。

而男人只是瞇眼看著飛上天空的群鳥，以及晃動不已的林木，聽著大地的怒吼。

此刻的異狀代表一個新的時代將要來臨。

「風向變了。」男人喃喃道。

地震持續了約一分鐘多，四周終於不再搖晃後，男人所在的緣廊另一端響起紛亂的腳步聲。

一群成年男子出現，他們服裝各異，有穿西服的，有穿浴衣的，也有穿著袍褂的。他們一個個神色慌張，有幾個人甚至還不小心在拐彎處跌倒。

「剛才——」其中一人才開口，男人立刻舉起一隻手，對方瞬間噤聲。

「至少要等到十五年後。」

「我們應該先下手爲強，要是被彼岸花那幫人或是別的魔物逮到……」一個蓄著白色山羊鬍，但看起來才三十幾歲的男人開口。

「別急。」怎麼這些人老是等不得啊？男子無奈地心想，道：「那些東西對我們也有顧忌，還不會動手。」

男人眼中所見，不只現下。

從古至今，在悠遠的歲月中，天地萬物的一切變化他都看在眼裡，卻從不干預，或著說，從不主動干預。

遠方，距離這座宅院好幾百里之處是一片斷垣殘壁，煙塵四起，人們的哀號聲不絕於耳。

這裡曾經有高聳氣派的建築，更有熱鬧的夜市與商店街，而今卻是一片狼藉，只剩下充斥於各處的恐懼與絕望，還有強烈的死亡氣息。

一個頭破血流，臉上都是灰白粉末的女人從鋼筋水泥的殘骸中顫抖著爬出，目光沒有焦距，彷彿無法理解發生了什麼事。

女人左右張望，撐著身子站起來，她的小腿磨破了一層皮，手上的肉也被削掉了一半。

這片倒塌的大樓廢墟上，竟然已是她視線可及的範圍內，地勢最高之處。

周遭全是死狀淒慘的屍體以及火光和灰煙，刺耳的警報聲響個不停，還有眾人痛苦的呻吟、哭喊聲。

她發出撕心裂肺的淒厲吶喊。

「啊啊啊啊啊啊——」

災禍驟至，天欲滅人，在劫難逃。

這場空前絕後的大地震奪走的性命不計其數，無數家庭破碎，救難人員從石礫裡挖出的除了屍體還是屍體。

在所有人都失去希望，覺得眼前的一切有如人間煉獄時，一聲衝破混亂而出的嬰兒啼哭，讓所有救難人員與倖存者停下動作。

災難發生以來從沒有過的寧靜突然降臨，天地間彷彿只剩下嬰兒響亮的哭聲，這個大難不死的生命被人們稱頌爲「奇蹟」。

然而——

從黑暗的地方誕生出的，究竟是可以照亮大地的希望，抑或是更深沉的黑暗？

第一章

放學時刻，學生們三三兩兩離開學校，一路上嬉鬧不斷。寒假剛結束，許多人尚未收心，仍討論著要去哪裡溜達。

夜幕逐漸低垂，學校裡一片漆黑，靜寂如同隔音布般覆蓋下來。

一陣低低的腳步聲在走廊上響起，一名女孩拿著手機，螢幕散發出的冷光隨著步伐前進，照亮一間又一間教室外的標示牌。

「自然教室、生物教室……」她口中喃喃自語，走到最後一間教室前拉開門。

女孩回頭確認走廊上沒有其他人後，悄悄地把門關上。

皎潔的月光從窗外灑進室內，她站在窗邊滑了一會兒手機，轉頭望向遠處的校門口，嘴角揚起一抹微笑。

「太好了，終於等到這一天。」她竊喜著，將戴在右耳上的垂吊式耳環取下來，藉著月色欣賞。

耳環以漂亮的紫色琉璃製成，是她和戀人一同出遊時得到的禮物，也是她的寶貝。

將耳環輕放在講臺桌上，女孩走到臺上看著下方的課桌椅。當她將目光移往靠窗的最後一個座位時，發現似乎有個人坐在那裡。

她不禁疑惑，又從講臺下來，到了窗邊仔細一看，卻什麼也沒有。

窗戶上映出她的身影，可以清晰看見熨燙得整整齊齊的制服上衣，和深紅色的百褶裙，總是受到稱讚的可愛紅色領結端正繫在領口。

美麗的容貌讓她成爲許多男孩夢寐以求的女神，可是她早已心有所屬，雖然對象必須保密。

這場祕密戀情談得艱辛，但別無他法，對方的身分有些敏感，她不能、也不敢公開。如今，這段愛情好不容易能夠公諸於世了。

一串細碎的腳步聲出現在門外，女孩展露笑顏，拉開教室後門往走廊看去。

外頭一片漆黑，半個人影也沒有。

「怪了……」她明明聽見了腳步聲。

她拉上後門。時間已來到深夜十一點，爲什麼她的戀人還沒出現？

砰！

一個突兀的聲音從女孩背後傳來，像是有人撞到了課桌椅。

「誰？」她回頭，在朦朧月光的照射下可以看到，課桌椅歪了，但教室裡除了她以外，沒有別人。

女孩戰戰兢兢地邁開顫抖的腳步上前，想看個清楚，並伸出同樣微抖著的手輕推桌子，卻沒有任何異狀。

這是怎麼回事？

沙沙——

另一個聲音毫無預警地出現，女孩驚恐地瞪大眼睛，這聲音距離很近，彷彿就在她耳邊。

她害怕得先是左右張望，接著視線慢慢往上移，發現天花板上，有團黑色物體在兩盞燈之間蠕動。

「啊——」女孩恐懼地尖叫出聲，踉蹌地往後退了一大步，那團黑色物體倏地掉落，砸到課桌椅上，發出啪嗒聲響，課桌椅頓時一歪。

但黑色物體沿著課桌椅落到地面後，就離奇消失了，而天花板上依舊有不明的黑色物體在不斷蠕動著。

女孩嚇傻了，這陣子她老是心神不寧，總覺得有時會看見一個女人的影子，本來一直不想去探究，沒想到如今竟碰上不尋常的怪事。

她想逃，拉開後門的瞬間卻記起——琉璃耳環還放在講臺桌上。

一陣天人交戰後，她還是咬緊牙根，選擇轉身去拿回定情物。

回頭一看，哪裡還有什麼黑色物體？甚至連課桌椅的位置都恢復了原狀。

莫非剛剛全是幻覺？

女孩心有餘悸地想著，一邊放慢腳步往講臺走去，一邊四下掃視，覺得窗外上弦月的那一彎弧度像是在嘲笑她自己嚇自己。

講臺桌上的琉璃耳環在月光下散發出柔和的光芒，女孩鬆了口氣，露出微笑。

「太好……」她剛想伸手去拿，卻發現有一隻近乎透明的白色手掌覆蓋在耳環上。

天花板再次傳來詭異聲響，女孩抬起頭，這次她看清楚那黑色物體了，是一個長髮女人縮在日光燈後。

而蓋住紫色琉璃耳環的透明雙手旁邊，有另一雙冰冷的藍色眼睛死瞪著她，怒喊：「妳想都別想——」

二月下旬，已經有了幾許春神捎來的溫暖氣息。

教室裡頭的學生們嘰嘰喳喳著，大家都還沒將心從寒假收回來，興高采烈地和同學分享自己去了哪裡遊玩。

不過，有個女孩卻將雙腳縮在椅子上，抱膝坐著，頭上像是有烏雲籠罩一樣，和周圍的一片歡樂形成強烈對比。

她的頭髮跟被閃電劈到了一樣，毛躁且蓬亂無比。

她嘟著嘴巴，沮喪得連桌上的起司蛋餅都吃不完，一點胃口也沒有——雖然在此之前她已經吃掉了一份培根蛋土司與蘿蔔糕。

「封，妳怎麼了？」一名五官立體的帥氣短髮女孩坐到她旁邊的空位，皺眉望著她。

「妳覺得我的髮型會不會很怪？」封難過地吸了吸手中的大杯奶茶，一口就喝到見底。

「我覺得妳怎樣都可愛啊。」被比男生還要有魅力的喬子宥用這種溫柔的眼神看著，封有時都會感到一陣唏噓。

「子宥，爲什麼妳是女兒身啊！」封忍不住喊道，班上大多數女孩聽在耳中也在心裡點頭如搗蒜。

「如果眞的相愛，是男是女又有什麼差別呢？」在一旁說著風涼話的李佳惠不懷好意，喬子宥皺了皺眉頭，用眼神示意她別多嘴。

「妳那髮型眞的很可笑。」班花林沛亞只瞄了封一眼，就將注意力轉回自己的書本上。

「我只是想說新學期應該要有新氣象，才決定換個新髮型，誰知道……」天眞「單蠢」的封根本聽不出李佳惠的言外之意，也沒注意到喬子宥的表情，只是心心念念著自己的爆炸頭。

都高一下學期了，而且現在又沒有髮禁，封抱著「有些事情現在不做，以後再後悔也來不及了」的心態，將維持了十六年的黑色長直髮燙染成栗色波浪捲。沒想到她的頭髮十分不爭氣，居然就像鐵絲被火烤過一樣，糾結成一團。

「好像麥克風。」林沛亞見封如此愁眉苦臉，興起了惡作劇的念頭。

「不，我覺得更像是英國衛兵的帽子。」李佳惠這番話發自內心，完全不只是要挖苦封。

噢，這就是友情，女人的友情啊！

封的心就像被機關槍狠狠掃射了一輪。都說頭髮是女人的第二生命，這些好朋友不安慰自己就算了，還落井下石。

唯有喬子宥伸手溫柔地摸上她的頭髮。

「我幫妳把頭髮弄得服貼些。」喬子宥從包包裡拿出一瓶慕絲，擠了坨泡泡在手心，將封糾結的頭髮分開理順。

「還是子宥對我最好了，妳們兩個就只會笑我。」封抬起下巴，數落另外兩人的不是。

看著封圓滾滾的臉龐上那得意的神情，林沛亞和李佳惠對視一眼，不禁搖頭，無奈地扯了扯嘴角。

這傻丫頭壓根沒有察覺喬子宥對她的感情，但也罷，反正注定不會有結果。

「妳應該改名叫天眞，我想妳這輩子都不會遇到什麼不開心的事吧。」李佳惠的話充滿嘲諷之意，但單細胞的封只當作是讚美，還說了聲謝謝。

林沛亞像是想到了什麼，突然從書包裡拿出一個夾鏈袋，裡頭裝有一條銀色項鍊，墜子是精緻小巧的紫色寶石。「封，這送給妳。」

「為什麼送我東西啊？」項鍊看起來實在非常漂亮，可是封小時候被告誡過，收下別人的東西前要問清楚，因此她還是勉強按捺著興奮問道。

林沛亞的臉色微僵了下，隨即掛上笑容，「我只是覺得挺適合妳的，所以就買來送妳了。」

「騙人，我剛剛才看見妳把墜子穿在這條銀鍊上，怎麼可能會是買來的，明明就是妳自己做的吧！」李佳惠立刻戳破謊言，讓林沛亞有些尷尬。

「沒關係啦，是親手做的我更高興喔，嘿嘿。」封趕緊打圓場，「眞是太愛妳了。」

林沛亞扯扯嘴角笑了，她隨手拍拍封的背，不理會在一旁竊笑的李佳惠。

封盯著漂亮的墜子，總覺得目光好像要被那淡淡的紫色吸入進去。記得紫色代表著尊貴以及神祕，似乎還有性感，所以沛亞是覺得她很性感嗎？

封嘿嘿笑了起來。

「看妳的表情就知道又陷入妄想了。」李佳惠忍不住吐槽。

上課鐘響起，所有人陸陸續續回到座位上，依舊小聲談論著各種瑣事，封則是繼續盯著漂亮的新項鍊傻笑。

封的本名叫做封葉，她在父母去賞楓的時候出生，父母爲了紀念，便爲她取了這個名字。

也許是在食慾之秋誕生的緣故，封的胃口很好，總是可以吃下常人兩倍分量的食物，然而令人又羨又嫉的是，她仍然擁有苗條的身材。

她就讀的學校是本區占地面積數一數二廣大的高中，升學率不差，口碑優良，但最重要的是制服好看——蘇格蘭百褶裙和可愛無比的領結。封全是爲了穿上這身漂亮的制服，才選擇讀這所高中。

「封，要不要吃糖果？」李佳惠小聲地問，不等封回答就丟了一顆紅色包裝的糖果過去，順便比了「噓」的手勢。封不疑有他，很快打開吃下。

「咳咳！」下一秒，封立刻被味道極酸的糖果嗆到，頓時眼淚都快要流出來了，李佳惠在一旁吃吃偷笑。

李佳惠就是這種小惡魔型的女孩，明明長得相當可愛，卻有腹黑傾向，完完全全是天使臉孔、魔鬼心腸的最佳寫照。

「上課不可以吃東西。」林沛亞面無表情，瞥了漲紅臉的封一眼後，又繼續翻著手上的書。

封嘟著嘴，硬著頭皮把口中的糖果吃完。

窗外吹來一陣帶著甜香的風，她抬起頭，明明這陣風舒爽怡人，但不知為何，她的心中卻隱約浮現一絲……不祥的預感。

任凱大概是全校最受歡迎的男孩子了，高䠷的身材與帥氣的臉蛋都還是其次，他那天生的王者風範與放浪不羈的態度，才是讓所有女孩子為之瘋狂的原因。

今天一如往常的，任凱又遲到了。他站在學校圍牆外，一手拿著早餐店阿姨愛心加碼的大杯冰紅茶，一手搔著頭，瞇眼盯著圍牆上的碎玻璃。

「媽啊，碎玻璃的數量好像增加了，一定是盧教官那老頭幹的。」任凱碎念著，將冰紅茶的封膜撕開，一口氣喝光後隨手一丟，捲起袖子準備翻過圍牆。

他俐落地將書包丟過圍牆，扭動脖子舒展筋骨，接著手掌準確地落在沒有碎玻璃之處，一個翻身，就這樣輕易地翻過高高圍牆。

任凱心想，若現場有裁判，肯定會給他來個滿分十分。他得意地勾起嘴角，想不到還來不及拿起地上的書包，一陣暈眩就忽然襲來。

任凱的眼前一片黑暗，眼窩處刺痛不已。他一手摀著眼睛，明明豔陽高照，身上卻不斷冒出雞皮疙瘩。

冷汗順著額頭流下，腦袋嗡嗡作響，他一手扶住圍牆，好不容易才等到不適感逐漸退去。

「嘖！」任凱不悅地咋舌，拾起掉在草叢中的書包往肩上一搭，手插口袋，就要往教室走去，卻下意識地望向樹叢陰暗處。

那裡有雙在陽光底下依然顯得蒼白的腳。

那雙腳一動也不動，像是在等著什麼人。

死去的靈魂，有多少是眞的留戀人世？

有的只是因爲生前的強烈情感在死後化成執念，才被束縛在這人間煉獄生生世世，無法輪迴。

對此，任凱什麼忙也幫不上。

自從某件事發生後，他就「看得見」了，勉強可以說是天生擁有陰陽眼異能。雖然或許說這是缺陷比較恰當，但他不能也不會這麼想，畢竟這雙眼睛是任凱和「他」的唯一連結。

撇開那段滿是痛苦與悔恨的過去，任凱的注意力回到那雙腳上。

他皺起眉頭估算，從入學第一天起，就看見那雙腳站在那，到現在也快兩年了。他有點於心不忍，便主動開口：「我幫不了妳，快去投胎吧。」

那雙慘白的腳微微晃動，緩緩失去蹤影。

任凱挑了挑眉，對方是聽懂了嗎？

他聳聳肩，轉過身準備前往教室。忽然——

一對死氣沉沉的透明眼珠就這樣對上任凱的眼睛，讓他差點沒往後栽倒。那個亡魂的臉貼在他的鼻尖上，如此近距離的接觸，讓任凱忍不住在心中大罵對方的祖宗。

那張臉緊貼著他大約十秒後，才慢慢地往後移動，逐漸消失。

任凱深吸一口氣，轉過頭再次望向樹叢，那雙慘白的腳又回到裡頭待著，繼續等待著。

看樣子，亡魂的確不是如此輕易就能超渡的，如果講一兩句話就能勸得他們投胎，那還需要道士做什麼？

不過，這是他第一次看見那個亡魂的臉，算是一種另類的收穫吧。

「阿凱，你是要蹺課，還是剛到？」一個爽朗的聲音響起，是常和他混在一起的同班同學阿谷。他長得斯斯文文，卻染了一頭醒目的紅髮，玩起來比任凱還要敢。

阿谷手裡拿著癟癟的書包，襯衫下襬一半露在長褲外頭，明顯違反校規的金色皮帶在陽光下閃耀。

任凱看了樹叢一眼，那雙腳已經不見了。「沒啊，我才剛到。怎樣？你要閃了喔？」

「我剛繞去三年級教室看過，綺夢學姊今天沒來，想說去她家晃晃。」阿谷聳聳肩，回答道。

綺夢學姊是公認的校園美女、冰山美人，高不可攀的高嶺之花。

阿谷一向喜歡高難度的挑戰，因此一天到晚在綺夢學姊身邊打轉，即使三番兩次被打槍也不死心，開口閉口就說她是他的夢中情人。

至於阿谷到底是不是眞心喜歡綺夢學姊，任凱不予置評。

「說不定她感冒請假。」

「那正好，也許能趁她脆弱時，展現我可靠的一面。」阿谷壞壞地笑了笑。

「還會回來嗎？」看著阿谷準備翻牆而出的背影，任凱瞄到另一邊的樹叢裡似乎躲著一個人。

「會啊，下午有盧老頭的課，我可不想讓他打電話到我家告狀。」阿谷說著，表情忽然變得曖昧，「除非綺夢學姊說，不要走，阿谷，留下來陪我。」

「醒醒吧你，下午見。」任凱不屑地道，阿谷嘿嘿笑著翻過圍牆，嘴裡還叨念著碎玻璃怎麼會變得這麼多。

聽見阿谷的足音在圍牆另一邊逐漸遠去，躲在樹叢裡的人影動了動，任凱嘆口氣。

「萬伯，別躲了啦，我都看見了。」

樹叢中冒出一顆頭，對方戴著老花眼鏡，臉上有幾塊老人斑。

「歹勢啦，不要說出去喔。」萬伯抓了抓沒剩幾根頭髮的光禿腦袋瓜，不好意思地乾笑著。

約莫六十歲的萬伯是學校的資深工友，智商有一點點不足，做事倒是很認眞，只是偶而會躲在這偷懶打盹。平時照料校園裡頭的花花草草，或者維護水管線路等差事，都是由萬伯一手包辦。

「萬伯，我不說你也不說，我去上課了。」任凱從書包裡拿出一罐算是用來賄賂的飲料丟給他，要萬伯對自己又翻牆進學校的事保密，當然，還包括阿谷蹺課的事情。

「沒問題、沒問題。」萬伯憨笑著接過飲料，對離去的任凱揮手。

任凱大搖大擺地穿過中庭，往教室走去，此時第一堂課正好結束，走廊上滿是嬉鬧著的學生，這裡是他平時很少經過的一年級教室區。

許多一年級學妹見到任凱都不禁輕聲驚呼，帥氣的任學長居然出現在這裡！她們紛紛衝了出來，無論是走廊還是教室的窗邊，只要是能看見任凱的地方都擠滿了人。

對於周遭的騷動，任凱早就習以爲常，他沒有多加理會，自顧自地往走廊盡頭的樓梯走去。

當他經過一年級的某間教室時，突然感受到一股前所未有的氣息，於是下意識側頭瞄了一眼，視線隨即和一個圓臉圓眼的女孩對上。

任凱微微愣了下，但僅只一秒，沒讓任何人有機會察覺他的表情變化。他繼續往前走，消失在轉角的樓梯處。

「封！剛剛任凱學長是在看妳嗎？」教室裡，李佳惠一臉不敢置信，雙手搭在封的肩膀上大力晃動。

「什、什麼？哪有！」封被晃得頭昏腦脹。

「明明就有！」李佳惠怪叫。

「封，妳認識那個學長？」喬子宥皺起眉頭。

「任凱學長是大家的，誰也不准搶先。」封還來不及解釋，李佳惠便一手叉腰，一手指著她的鼻子大聲說。

封張大嘴，正想辯解，喬子宥卻開口接話，「封都說不認識那個人了，別吵了。待會是體育課，快去換衣服吧。」說完就拉著封離開。

「等等我們啦！」李佳惠拿起裝著體育服的包包，「沛亞，快點呀。」

「我要先去導師室，第二堂課的老師請假，我去問一下代課老師是誰。」林沛亞闔上書本。

「好吧，那等等操場見。」李佳惠追上喬子宥和封，三人一同前往更衣室。

操場上的學生們三五成群，有些人做體操、有些人打球，但更多是坐在樹蔭下聊天。

封正想盡辦法將蓬亂的頭髮綁起來，這時林沛亞氣喘吁吁地從遠處跑來，臉上盡是興奮的神情。

「高興什麼？」喬子宥問。

「代課老師……是、是專教三年級的羅老師耶！」林沛亞上氣不接下氣，好不容易才將話說完。

封和喬子宥對看一眼，異口同聲問：「誰啊？」

「就是……」林沛亞想解釋，卻被忽然跑過來的李佳惠打斷。

「喂喂喂！」李佳惠擠到封的旁邊，用力拍了封一下，「妳看那邊。」

所有人都隨著李佳惠指的方向看去，發現五樓的走廊上有個人手撐著下巴往這看來，是任凱。

李佳惠狐疑地問封：「他是不是在看妳？」

「看我幹什麼？我又不認識他。」封已經解釋到不想再解釋了。

「但他的確是往這裡看。」林沛亞雖然這麼說，卻也不是特別在意。

「那邊應該是三年級教室吧。」喬子宥多看了幾眼，確定任凱所在之處的確是三年級教室。

「眞的耶，我記得他不是二年級的嗎？」封歪頭，感到有些不解。這所學校嚴格說起來只有兩棟教學大樓，最大也最主要的一棟是L型建築，叫做至善樓，這棟樓共有A、B、C三座樓梯，A樓梯和B樓梯分別在L型的兩端。

一年級教室和導師辦公室、保健室等都在一樓；二年級教室在二、三樓；四、五樓則是三年級教室，以及三年級專用的專任教室。

而位於保健室旁邊的C樓梯頗爲特殊，二、三樓的安全門都不會打開，直通四、五樓，這是爲了讓一、二年級的學生少去打擾三年級的學長姊念書。

另外一棟教學大樓是樓高兩層的至美樓，社團教室、大禮堂以及一、二年級的專任教室都在這裡。

至美樓的旁邊是體育館，場地分爲室內和室外，有游泳池、籃球場、網球場等，體育館再過去一些，就是能夠容納五百人的學生宿舍。

封她們幾個女生現在就坐在體育館前面操場上的林蔭處，任凱則站在五樓的三年級教室那邊，目光朝這裡看著。

「也許他在觀察合作社的夢幻三逸品開賣了沒。」封天眞地說，惹來眾人的白眼。

學校合作社販售的夢幻三逸品遠近馳名，光是賣給本校學生都不夠了，更逞論賣給校外人士，因此堪稱所有畢業生最懷念的校園美食。

「封，妳發什麼呆啦！」李佳惠的手在她面前揮著，又回頭看向遠處的任凱，「他眞的在看妳！封，妳什麼時候認識學長的？都沒跟我說！」

「我眞的不認識他啊！」封自己都還搞不清楚狀況，而且因爲李佳惠一直搖晃她的肩膀，頭髮又有點亂了。

「別鬧了，無聊。」喬子宥不耐煩地制止。

「我只是……好啦，算了！」李佳惠嘟著嘴，一屁股坐到旁邊。

林沛亞從頭到尾都沒加入這個話題，只是坐在另一邊，安靜地看著老師辦公室的方向。

不再談論任凱的事情後，四個人有一搭沒一搭地聊著天，封覺得有些無聊，決定起身活動一下。

「我們去打球好嗎？」封提議。

「好累。」

「我要看書。」

李佳惠和林沛亞馬上回絕，喬子宥則是站起來，「打排球吧。」

封點頭同意，兩人正要去拿排球時，喬子宥卻被體育老師叫了過去，說要她示範籃球動作給幾個同學看。

「沒關係啦，子宥妳去打籃球，我去走操場好了。」見到喬子宥爲難的模樣，封立刻開口，說完便踩著紅土跑道開始快走。

操場一圈約有四百公尺，封還走不到半圈就有點累了。當她走到存放體育用品的小倉庫外時，忽然聽到一個奇怪的聲音。

「嗯……」

好像有人在呻吟一樣，但因爲只有短短一聲，封無法肯定。

於是她將手放到拉門的凹槽處，正想把門打開——

「妳要拿東西嗎？」萬伯拿著樹剪從倉庫邊的樹叢冒出來。

「沒有，我好像聽到了什麼聲音。」封收回手。

「應該是野貓又跑進去了吧。」說完，萬伯轉過身繼續修剪灌木。

封走到萬伯旁邊，「萬伯，你剪得眞好。」

萬伯不好意思地笑了笑，「都剪好幾十年了。」

「如果是野貓跑進去的話，我還是打開倉庫看一下好了。」封又道。

「裡面都是放用不太到的東西，灰塵很多，而且鎖起來了。」萬伯看了看封，「如果妳眞的要進去，那我回去拿鑰匙來。」

「那算了，不用麻煩了。」封笑了笑，這裡剛好在保健室附近，印象中保健室的後花園種有許多漂亮的花，於是她決定繞過去看看。

在前往保健室的路上，封心想，貓咪還眞是厲害，就算倉庫上鎖了也找得到地方鑽進去。

站在五樓走廊上的任凱一直凝神盯著封，因此不但看到她起身來到操場上快走，也看到她後來站在小倉庫前跟萬伯說話，直到封跑到保健室後方的花園區，再也看不見身影，任凱才將目光移開。

那個學妹身上的氣息，讓他感到前所未有的舒暢，該說那是乾淨還是純粹？總之就是一種很舒服的感覺。通常這種氣息只會出現在新生兒身上，因爲尙未受到人世間負面情感的沾染，所以還能純淨無垢。

除此之外，他對於封還有種說不出的熟悉感。

可是任凱非常肯定，他並不認識這個女孩。

而且，不知爲何，那學妹身邊有股不懷好意的黑氣纏繞，或許是受到路過的靈體影響吧。不過，反正她的氣場如此純淨，應該沒什麼大礙。

總之，不關他的事情。

喀啦——

一陣細碎的聲音從後方傳來，任凱回頭，只見三年級專任教室的長廊一片漆黑，那裡沒有窗戶，陽光一點也透不進去。在那片黑暗中，似乎有什麼東西在動。

「不會吧？」任凱大大嘆了口氣，立刻轉頭打算下樓。

喀啦——喀啦——

聲音在這時變得更加大聲，一股冷冽的空氣從後方直竄而出，雖然燦亮的陽光從走廊外照射進來，灑落在任凱身上，他的腳底卻開始發冷。

「靠……」他無奈地罵了聲，發現腳步忽然無法移動了。

冰冷的空氣宛如看不見的蛇，從他的腳踝緩緩往上攀爬，任凱頭皮發麻，想喊卻喊不出聲。

他察覺到耳邊有呼吸聲，背脊頓時一陣發冷，那呼吸很輕、很冰涼，彷彿欲語還休，發出陣陣唏嚕聲。

「幾年幾班的？在這幹什麼？」一個聲音從任凱背後響起，那冰冷的感覺瞬間如海潮般全數退去。

「凌老師……」任凱回過神，已是滿頭大汗。

「任凱？這裡不是三年級的教室嗎？」凌老師一愣，接著秀眉馬上蹙起，「你又蹺課了是吧？」

「冤、冤枉啊，凌老師，我只是出來上個廁所，這邊的廁所比較乾淨啊。」任凱恢復一貫痞痞的模樣，手插在口袋裡，看著眼前美若天仙的英文老師凌然。他一直覺得阿谷的眼光肯定有什麼問題，綺夢學姊是很漂亮沒錯，但哪比得上女人味十足的凌然？

「凌老師不是沒教三年級嗎？怎麼也過來這邊？」

「現在還管起老師啦？」凌然沒好氣地道。

「不敢。」任凱笑著擺擺手。

凌然瞇著眼睛，隨即露出像是拿他沒辦法的無奈微笑，「那別怪我沒提醒你，剛剛盧教官往你們教室的方向走去了。」

「這眞是太糟糕了。」任凱依舊笑著，裝模作樣地鞠了個躬，目送凌然進入其中一間教室。

旋身之際，他再度看向那陰暗的長廊，這一次清楚看見了那個身在暗處的人。

如果那還算得上是人的話。

看樣子，今天阿谷一定會回到學校了。

因爲，綺夢學姊正頭下腳上地倒吊在天花板那裡，瞪大了眼睛盯著他看。

第二章

「玻璃珠？」

封來到保健室後面的小小花園，許多色彩繽紛的蝴蝶停在花朵上，她不由得張大了嘴蹲在花圃前面仔細觀察，一臉新奇。

她發現花叢中有一顆反射著陽光的小玻璃珠，大小和小拇指的指甲片差不多，透著琥珀色的光。

她撿起來端詳，後頭忽然傳來腳步聲。

「不可以蹺課喔。」保健室阿姨張秀娟提著水桶走出來。

「沒有啦，我只是被蝴蝶吸引過來而已。」封慌亂地跳起來。

「蝴蝶？」張秀娟眉頭皺了下，往四周看去，「哪來的蝴蝶？」

「就在這……」封回頭一看，哪裡還有什麼蝴蝶？只有一朵朵牽牛花與日日春，以及一叢叢的七里香。

「奇怪？」封歪著頭，想不明白這是怎麼回事。

「不可以隨便蹺課啊。」年約四十的張秀娟來到這所學校一年多了，她過去曾在多所學校服務過，個性隨和，一向都能很快和學生打成一片。

「我沒有蹺課……」封想解釋，但張秀娟只是擺擺手，打發她離開。

封隨手將那顆琥珀色玻璃珠放進口袋裡，默默離開花圃。

「妳是跑去哪了？」剛回到操場上，封便看到喬子宥略顯不悅地迎面走來。

「我才離開不到十分鐘……咦？」封看著手錶，沒想到事實上時間過了二十分鐘。

「已經下課了？」

「都要上課了。」李佳惠壞笑著，「妳跟任凱學長偷偷去幽會了啊？」

「不要亂講，我只是去保健室後面看花。」封連忙解釋。

「李佳惠，不要再開這種無聊的玩笑。」喬子宥冷聲道。

「好啦！」李佳惠吐吐舌頭，態度敷衍，顯然一點也沒聽進去。

因爲被張秀娟誤會是蹺課，封的心情有點悶，意興闌珊地踩著沉重步伐和好友們一同回到教室。

封趴在座位上，整個人都提不起勁，不管喬子宥跟她說什麼，她仍是懶洋洋的，抵擋不住睡意。

她的眼皮很重，腦袋卻異常清醒，感覺自己彷彿被困在水中，身體不斷下沉，呼吸漸漸變得困難。她想要大口呼吸，卻怎麼樣也張不開嘴巴，好像被人用溼毛巾蓋住了口鼻，一股難聞的氣味傳來。

封痛苦地張開眼睛，看見眼前有許多五彩繽紛的蝴蝶拍動著翅膀，鱗粉不斷從各色蝶翼上頭灑落，有如七彩的銀河。

正當她想要伸手接住如雪花般飄落的鱗粉時，喉嚨忽然一陣刺痛。

一雙慘白的手重重壓住封的肩膀，她下意識回頭，一對濁白的眼珠子就這樣猛然撞入視線中，難聞的氣味隨之又一次撲鼻而來。

「啊啊啊！」

封從椅子上跌下來，巨大的聲響迴盪在安靜的教室內。

全班同學先是一愣，接著爆出哄堂大笑。

「封，妳睡糊塗啦？」李佳惠笑得最大聲，還一邊拍打著桌面，只差沒笑得流出眼淚。

林沛亞冷眼看著跌坐在地上的封，一副覺得她已經沒救了的樣子，只有喬子宥主動過來扶著封站起身。

「我、我睡著了？」封紅著臉，詫異地回到位子上，她完全沒意識到自己是什麼時候睡著的，這實在糗斃了。

臺上的男老師低頭查看座位表，以低沉的聲音問道：「是封葉同學嗎？」

「是、是！」封摀著因趴在桌上睡覺而紅了一塊的臉頰，尷尬地立正站好。

「如果眞的很累就去保健室休息一下，在課堂上睡覺，老師會以爲是自己教得不夠好。」男老師的話再度引來一陣哄堂大笑，封這時才看清楚，這位男老師是張生面孔。

「好了，坐下吧，眞的很睏可以睡個五分鐘，然後就要起來聽課喔。」男老師瞇眼微笑，那雙烏黑的眼睛瞬間像是釋放出好幾萬伏特的電力，臺下的女學生們內心無不小鹿亂撞。

下課時，身爲值日生的封來到講臺上擦黑板，那位名叫羅秉佑的男老師正被班上的女同學圍著問問題——私人問題。

「老師，你有沒有女朋友啊？」

「老師喜歡什麼類型的女生呢？」

「老師，我很會煮飯喔！」

「是只會煮『飯』吧？」

年輕女孩們你一言我一語，根本不給羅秉佑說話的機會，他在窘困之際，目光移到了正在一旁擦黑板的封身上。

「封葉，幫老師拿東西回辦公室吧。」羅秉佑將一些教材直接交到封的手上，趕緊快步走出教室。

「羅老師，我們也可以幫你啊！」女同學們笑嘻嘻地目送他離開，羅秉佑聞言更是加快腳步，耳根微微泛起一絲紅色。

封連忙跟上羅秉佑，臨走前下意識扭頭一看，只見李佳惠嘟著嘴、喬子宥皺起眉，而林沛亞臉上的神情複雜難辨。

「抱歉，讓妳幫我拿這些東西。」經過走廊拐角處後，羅秉佑便將封手上的教材接過去，「不然我實在無法脫身。」

「我才應該向老師說抱歉呢，剛剛上課竟然睡著了……」封趕緊道歉，「所以讓我幫忙把東西拿回辦公室吧，這不算什麼。」說完，她又把羅秉佑手上的教材拿了回去。

羅秉佑微微一愣，隨即露出溫柔的笑容，「那就麻煩妳了。」

「如果真的精神不濟，最好還是去保健室休息一下比較好。」羅秉佑微一停頓，又道：「不過，妳上一節課是不是去保健室偷懶了？」

「羅老師當時也在保健室？」封歪著頭。她沒有看見羅秉佑的印象。

「那時我在保健室裡幫張阿姨搬東西，剛好聽見妳們的對話了。」羅秉佑不著痕跡地瞥了封戴在脖子上的項鍊一眼。

「老師，我真的沒有蹺課，那一節是體育課，我只是去那裡看看花草。」封一邊說，一邊偷偷將脖子上那條林沛亞送的項鍊塞到衣領裡面。

「蹺課的學生都會說自己沒蹺課。」羅秉佑雖然這樣說，但聽得出他的語氣並沒有責罵的意思。

然而，封還是覺得自己跳到黃河都洗不清了，於是暗自決定以後體育課都要乖乖待在操場上，以免又被誤會。

談話間，兩人來到辦公室前，羅秉佑接過封手上的教材，再次道謝後，視線又移到封的脖子上。

「在學校不能戴飾品喔。」羅秉佑提醒。

封吐吐舌頭，沒想到還是被發現了。「老師，你什麼都沒看到啦。」

羅秉佑笑了，「鏈子挺漂亮的，是什麼樣的墜飾呢？」

「是這個……」封打算拉出紫色墜子給羅秉佑看，這時凌然正巧從後方的樓梯走下來，腳步卻沒踩穩，手裡的物品頓時散落一地，羅秉佑反射性又將所有教材放到封的懷中，上前去幫忙。

「凌老師！妳沒事吧？」封也想幫忙，但她實在騰不出手。

「我來就好，封葉，再麻煩妳把東西放到我的辦公桌上吧。」羅秉佑微笑。

「真是不好意思。」凌然道著歉，將一邊的頭髮撩至耳後。

啊，凌老師和羅老師站在一起就像一幅美麗的畫，真是俊男美女的夢幻組合呀！

封一面想著，一面走進辦公室，來到羅秉佑的桌前。她看見桌上有個玻璃罐，裡頭裝著許多不同顏色的彈珠。

「好漂亮呀。」封忍不住驚歎。

仔細一看，除了彈珠外，罐子裡還有許多小巧的有色玻璃。

「封葉，放這裡就行了。」此時，剛踏進辦公室的羅秉佑指著一旁的櫃子，笑吟吟地說。

「是！」封很有精神地應聲，把東西放進櫃子裡後，便離開了辦公室。回到教室時，她的三個好友正站在走廊上聊天。

「妳眞的太誇張了啦！」李佳惠還在笑封在課堂上睡著的事情。「不過，有機會能幫羅老師拿東西回辦公室很讓人羨慕耶！」

「有什麼好的？」喬子宥不以爲然。不就是一個掛著虛僞笑容的老師嗎？

「妳當然無感。」李佳惠話中有話，說完還瞄了封一眼，喬子宥則是聳聳肩，不置可否。

「我不認識羅老師耶，他是教哪個年級的？今天怎麼會來上我們的課？」封有些疑惑。

這句話讓林沛亞和李佳惠都瞪大眼睛，「妳不知道？」

「羅老師這麼有名？」撇開八卦的李佳惠不說，連平常對大多數事情都沒有太大興趣的林沛亞也露出這種表情，可見羅老師很不一般，因此封好奇了起來。

「好，我來解……」李佳惠話還沒說完，林沛亞便搶先先開口。

「羅老師是有史以來，唯一一位還沒大學畢業就被本校確定錄用的老師，已經在校任教五年，今年三十一歲，所教導的班級成績都會大幅提昇，是本校的招牌名師。許多學校及知名補習班都曾高薪挖角，但羅老師始終沒有離開提拔他的這所高中，因爲這裡也是他的母校。他通常只教三年級的學生，今天是因爲我們老師請假，所以才來代課。」

聽完這段介紹，封馬上熱烈鼓掌，不光是因爲羅秉佑的豐功偉業，也是因爲林沛亞像維基百科一樣詳細說出羅秉佑的經歷。

「不不不，妳少說了最重要的一點。」李佳惠伸出食指搖啊搖的，嘖嘖出聲，好像在說林沛亞不夠專業。「那就是，羅老師單、身！」

「妳又知道了？」林沛亞不悅地皺起眉頭。

「別討論這些沒營養的東西了。」本就興趣缺缺的喬子宥翻了個白眼。

四個人繼續嘰嘰喳喳地聊著其他話題，忽然，封感覺到口袋傳來一陣冰冷，像是冰塊掉了進去般，於是她把手伸進口袋，掏出一樣東西。

是那顆在保健室後面發現的玻璃珠。在陽光的照射下，琥珀色的玻璃珠像是在發亮一樣，溫度卻沒什麼異常。

可是剛剛明明很冰……

封疑惑地想，將玻璃珠放在手裡，藉著陽光仔細觀察。琥珀色和黃色很接近，而在古代，黃色是皇帝才能用的顏色。

可是說到黃色，封首先聯想到的是代表著嫉妒的黃玫瑰。

看著看著，封發現玻璃珠裡頭好像有液體在流動，於是湊近了看，卻見到一條細細長長的黑色影子從一端延伸至另一端，像是貓的瞳孔，而且還彷彿緊盯著她。

「呀！」封驚呼出聲，玻璃珠的溫度驟升，讓她覺得手裡好像握著一團火。封反射性地將玻璃珠甩了出去，琥珀色的玻璃珠就這樣落到走廊中央。

「妳在幹麼？」喬子宥一臉不解。

「封好奇怪。」李佳惠咕噥。

「也許根本沒有正常過？」林沛亞揶揄道。

「妳們真的很壞！」封皺皺鼻子，彎下身想將玻璃珠撿起來。

「哇！閃開閃開！」這時，有個人從遠處急奔而來，是個頂著一頭顯眼紅髮，長相斯文的男孩。

「站住！又是你，遲到還翻牆進來！給我站住！」盧教官在後頭吹著哨子追趕，他年紀一大把了，但體力仍然不差，跑起來一點也不比紅髮男孩慢。

「盧教官，我才沒遲到，我是出去又進來啦！」男孩嬉皮笑臉地解釋，腳步絲毫沒有放慢。

走廊上的學生紛紛往兩旁讓開，以免被撞到。大家都認出頂著那頭招牌紅髮的男孩，就是學校裡的另一位風雲人物，阿谷。

「阿谷學長好帥啊！」李佳惠忍不住像個花痴般吶喊，喬子宥白了她一眼，還來不及說話便赫然發現，封居然蹲在走廊中央發呆。

「封！」喬子宥連忙大叫，封卻沒有反應。

「啊啊，快閃開！」阿谷本來一邊跑著一邊回頭對教官做鬼臉，因此等到他看見蹲在地上的封時，已經來不及煞車，就這樣硬生生地撞上了她。

封的肩膀受到重擊，接著整個人彷彿在空中翻了半圈似的往後仰，先是看見一個男生壓上來，再來就是喬子宥、林沛亞、李佳惠驚恐的表情。

最後是……天花板上，蹲在日光燈後的女人。

那女人眼珠子瞪得老大，凸出幾乎要掉出來，嘴裡不停喃喃自語，然而封什麼也聽不見，身邊的喧鬧聲蓋過了一切。

不少人圍過來關心封的狀況，嚇呆的阿谷則被盧教官一把抓住上衣後領，從封的身上拉起來。

對於周圍的紛擾，封絲毫未覺，她的眼裡只看見天花板上的女人伸長脖子，緩緩靠向自己，那斗大的眼珠子看起來竟和琥珀色的玻璃珠有幾分相似……

不出任凱所料，阿谷果然回來學校了。

稍早他在三年級專任教室的長廊看見綺夢學姊的鬼魂時，就知道發生什麼事了。

只能說生命無常，變故總是來得讓人措手不及，只是任凱不明白的是，爲什麼綺夢學姊的亡魂會在那裡徘徊？

他手托著下巴，站在陽臺上讓暖暖的陽光灑落在自己身上，怎麼樣也想不出原因。

不過，新聞遲早會報導這件事，所以任凱決定假裝什麼都不知道、什麼也沒看到。

樓下一直傳來吵鬧的聲音，他很快聽出又是阿谷和盧老頭在上演你追我跑的固定戲碼，但接著，一陣碰撞聲響傳來，不少人驚叫連連，任凱瞥見向來很少被抓住的阿谷竟然被盧老頭拎著後領從樓下走過去，馬上決定去看看到底發生了什麼事。

他邁開腳步，哼著歌走下樓梯，經過一年級教室的走廊時，照例感受到學妹們熱情的視線，但同時還有另一道目光從頭頂投射而來。

天花板上有個女人蹲在日光燈後面，喉嚨深處發出一陣陣陰冷的詭異聲音。

任凱趕緊低下頭，這個鬼魂的位置一樣在天花板上，卻不是綺夢學姊。他稍微回憶了下，這名有著琥珀色雙眼的女鬼，他似乎是第一次見到。

那詭異聲音還在持續傳來，任凱不再抬頭，加快速度往訓導處的方向走去。他在訓導處外頭探頭探腦，不過沒看見阿谷，也沒看見老愛找他們麻煩的盧教官。

「你要找誰嗎？」羅秉佑手裡捧著教科書，疑惑地望著任凱這位訓導處的常客。

「喔，羅老師。」任凱點了個頭，羅秉佑雖然不特別囉嗦，也不會擺老師的架子，但不知道爲什麼，任凱就是沒辦法對他有好感。「我是來找阿谷的，剛看見他被盧老頭抓走了，不過沒在這瞧見他人。」

「阿谷……喔，你紅髮的兄弟。聽說他撞到一個一年級的女生，被帶到保健室去向人家道歉了。」

「謝啦。」任凱馬上往保健室的方向去。

「還有，任凱，要叫盧教官。」羅老師在背後出聲糾正，任凱的腳步並未停下，只是敷衍地擺了擺手。

保健室在至善樓一樓的右側角落，從訓導處前往保健室的途中，會經過任凱平時爬牆進來學校後所看到的那處樹叢。他習慣性地往那個方向看去，那雙慘白的腳在烈日下依然靜靜佇立。

學校裡有許多地縛靈，但任凱特別在意那雙腳。

任凱走到保健室外，朝裡頭張望，保健室裡擠滿了人，他一眼就看到穿著綠色制服的盧教官，而阿谷站在一旁。

「還不跟學妹好好道歉？」盧教官往阿谷的頭上一拍，力道不輕，一點也不留情。

「好痛！喂喂，這不能怪我啊，我有叫她閃開，是她自己要杵在路中央不動的。」阿谷怪叫。

「學長，請你跟封道歉。」喬子宥板著一張臉，明顯壓抑著怒氣。

額頭上腫了一個包的封躺在床上，她的腦袋昏昏沉沉，覺得世界好像在眼前旋轉。

張阿姨替封在額頭上敷了冰袋，嘴裡嘮叨：「一個女孩子家居然被這麼用力地撞……」

「阿谷學長，在走廊上本來就不能跑步。」林沛亞冷冷地說，看著阿谷的眼神就好像他是什麼害蟲一樣。

只有李佳惠還有空臉紅心跳，胡思亂想著可以近距離看著阿谷學長眞是意外的收穫。

阿谷左右張望了下，發覺氣氛相當不妙，顯然對他不利。他今天眞是衰到爆了，不僅特地蹺課卻沒見到綺夢學姊，又被盧老頭抓住，現在還得在這裡向一個小鬼低聲下氣地道歉。

「……抱歉啦，這樣可以了吧？」阿谷不情不願，雖然自知理虧，仍是拉不下臉。

站在門外偷看的任凱頓覺開了眼界，除了面對任馨時，還眞沒見過阿谷跟其他人道歉。

「你跟我來訓導處，今天一定要好好處罰！」盧教官揪起阿谷的耳朵，毫不客氣地把人往外拖去。

「哇！老頭！不能體罰，不能體罰啊！」阿谷大聲嚷嚷。

「是教官！」盧教官頓時更火大了。

見他們要出來，任凱趕緊一個旋身鑽到後面的花叢裡。盧教官正在氣頭上，他難保不會被颱風尾掃到，還是躲起來明智些。

任凱是第一次來到保健室的後花園，而這裡竟有著一股奇怪的氣。他瞇起眼睛仔細打量，眼前的花美得很不眞實，翩翩飛舞的蝴蝶看起來也不太尋常。

彩蝶翅膀上的圖案像是眼睛，散發著妖異的光采，任凱趕緊移開視線，他竟然差一點就要被吸引過去了。

定下心神，他再次轉頭小心翼翼地看了眼，可是哪裡還有什麼花和蝴蝶？面前就只是一處普通的花園。

「靠。」他罵了聲，覺得今天根本和所有東西犯沖，走到哪都有怪事。上課鈴聲響起，任凱仍站在原地思忖。阿谷被抓走了，沒人陪他，再加上一直看到奇怪的東西，不如先回家算了。

他下了決定後，立刻轉身要離開，但此時保健室的拉門再度被人打開，他反射性地躲回花叢裡。

「這堂課要小考，一定要回去。」林沛亞走在最前面。

「留封一個人在這休息不會有事的啦，她又不是三歲小孩。」李佳恵邊說邊翻了個白眼。

「封，我們先走嘍，妳好好休息。」喬子宥再三叮嚀，心裡打算下節課再過來。

「放心，掰掰。」封無力地舉起手揮啊揮，心想，總算可以好好休息一下了。

三人走遠後，任凱才從花叢裡走出來，想不到保健室的門又被打開，他又馬上躲回去。平常躲老師躲習慣了，都變成下意識的反應了。

「妳在這休息，我馬上回來。」張秀娟拿著一疊資料朝門裡頭說，而後便從C樓梯走上去了。

任凱扳著指頭算了下，保健室裡的人應該都出來了，現在總算輪到他離開了吧？

封躺在床上，閉著眼睛，被阿谷撞的這一下像是彗星撞地球般猛烈，讓她的五臟六腑都要被震出來了，不過難得可以在上課時間來保健室休息，還是要好好把握機會。

她今天實在跟保健室特別有緣。

一閉上眼睛，封就想起剛剛昏倒前，在天花板上瞥見的那個女人。

這到底是怎麼回事？

最後的記憶，就是那銅鈴般的黃色眼睛朝自己靠了過來，不知爲何看起來有點眼熟。啊，對了，那顏色很像琥珀色的玻璃珠。

封記得她把玻璃珠撿起來了，好像放回了口袋裡面，她想伸手掏出來看，卻發現身體突然無法動彈。

她皺起眉頭，緩緩睜開眼睛，微風從窗戶徐徐吹入，隱約帶著花香，吹動著圍在床鋪四周的白色簾子。

封張大了嘴想出聲，卻發不出任何聲響。

她奮力地想舉起手，依然徒勞無功。

莫非這就是鬼壓床？

可現在是大白天啊！

封驚恐地在自己的小腦袋瓜裡爲無法動彈尋找可能的原因，一雙圓眼睛骨碌碌地轉啊轉的。張阿姨呢？快點回來，我等著妳來救命啊！

對了，會不會是因爲太累，還是被阿谷學長撞到哪根神經斷了，所以身體才不能動？

她胡亂猜想，身體依舊不能動彈，連想要發出一點聲音都做不到。

風持續從外面吹來，白色簾子飄揚起來，布簾上浮現一個人的身形。

太好了，有人，快救命！

封在心裡喊著，眼睛因爲睜得太大而有點酸澀，眼淚都快要流出來了。

隔著簾子的那個人一動也不動，似乎沒有發現她。

這時封才猛然發覺，布簾外的人高得超乎常理。

如果對方不是站在椅子上，那麼身高少說也有兩百五十公分，可是這怎麼可能？

唯一合理的解釋就是——對方飄浮在半空中。

這……

不要看不要看不要看！

封立刻想閉起眼睛，但該死的眼睛完全不聽使喚，她越是用力地想要閉起來，眼睛就睜得越開。

那個「人」慢慢靠近，身形穿透過薄薄的白色簾子，隨著距離的縮短，她終於看清了對方的模樣。

那人臉上嵌了一雙散發出妖異藍光、有如玻璃般的眼睛，那雙眼睛大得不成比例，而且那人的下巴像是脫臼了似的，無法闔上，嘴裡發出奇怪的聲音。

一陣從尾椎蔓延到骨髓裡的冰冷感覺傳遍她的每一吋肌膚，她驚恐地眼睜睜看著對方幾乎就要和躺著的她平行，正臉貼過來——

「靠！什麼東西啊？」

一個響亮的罵聲忽然出現，那個「人」和那股束縛著封的力量就這樣瞬間消失，封倒抽一口氣，眼淚隨即落了下來，一直想要用力掙扎的她一恢復行動能力，便差點從床上摔下來。

「妳有沒有怎樣？」任凱只是站在一旁，並沒有上前攙扶。

封在床上撐起上半身，大口喘息著。

「剛那是什麼鬼？」任凱問，目光還在保健室裡頭四處搜索。

封的喉嚨收得緊緊的，像是久未飲水一般乾渴，每一句話要抵達舌尖都是那麼艱難。「真的是鬼嗎？」

任凱嘖了聲，這不知道是今天的第幾回了，看到鬼的機率和平常相比高得異常，究竟怎麼回事？

剛才他坐在後花園的時候，忽然感到一陣惡寒。有鬼的地方氣溫通常會降低，在場的人也會感覺不舒服，但這一次任凱感受到的是前所未有的強烈惡意。

他小心翼翼地屈身從保健室的窗戶往裡看，只見到隨風飄揚的白色簾子。光是站在這裡，就能清楚地感受到令人不寒而慄的殺意，有一道黑壓壓的氣團籠罩了整間保健室，讓任凱幾乎想要轉身跑開。但他突然想起，保健室裡還有個學妹。

已經死了的人無法再挽救，可是一定要想辦法幫助還活著的人。要是那學妹眞有什麼三長兩短，他必定會良心不安。

一拉開保健室的門，裡頭的冰寒氣息便像千萬隻蜘蛛般，瞬間爬遍他的全身，同時眼窩也劇烈疼痛起來。

他看到一個女鬼飄浮在空中，身上的衣服雖然已經破爛得快看不出原樣，不過還是辨認得出來是學校制服。她的側臉布滿刀傷，沒有一塊完好的皮膚，那雙妖異的藍色眼睛冰冷得像是深海，目光毫無感情。

而床上的學妹瞠圓的大眼裡盈滿淚水，驚恐地盯著前方的女鬼。

任凱大喊出聲，女鬼惡狠狠地轉過頭瞪了他一眼，轉瞬消失不見。

學妹猛然從床上彈跳起來，猛抽一口氣，看樣子剛剛是被限制住了行動。他原想過去攙扶，最後卻還是杵在原地沒有動作。

「那應該是……其實很明顯吧，不然妳以爲是什麼？個子超高的女子籃球員？還會飄浮在半空中？」

「這、這……我只是、只是想確認嘛……」封無辜地說，她就是想否定腦中那個揮之不去的可怕猜想才會這樣問，這人卻一點也不溫柔地要她認清事實。

任凱直到現在才有時間看清楚封的樣子，她圓圓的臉蛋像是嘴裡塞滿栗子的花栗鼠，雙眼像兩顆墨玉般漆黑圓亮。

這個學妹竟然就是讓他覺得氣場明亮的那個女孩。

原以爲她身邊的黑影只是路過的靈體，沒想到……任凱眞的後悔今天來學校上課了，這種靈異現象只要有了開頭，更多事件就會接二連三發生。

而封也在這時候才看清救了她的人是誰，不就是任凱學長嗎？

這麼近距離地接觸到校園偶像，令封一時間訝異地張大嘴巴，活像個笨蛋一樣，完全看傻了眼。

「你們兩個在做什麼？保健室可不是約會的地方。」張秀娟一回來就看見孤男寡女單獨待在保健室，雖然眼下看來沒有什麼踰越的舉動，但她仍是不禁有些懷疑。

「張阿姨，誤會！我是因爲剛剛遇鬼……嗚！」亟欲解釋的封被任凱用力打了下頭，痛得她以雙手摀住後腦，閉上嘴巴。

「張阿姨，事情不是妳想的那樣。我們先走了。」說完，任凱也不管張秀娟的反應，逕自拉著封就往外面走。

「這、這……」封糊里糊塗地被拉著走，沿路她不停地問任凱要帶她去哪裡，順便埋怨了一下任凱打她頭的粗魯行徑實在很不禮貌，但任凱完全不予理會。

直到走到平時翻牆進入校園處的樹叢前，看見那雙慘白的腳後，任凱才停下，放開緊抓著封的手，指著那裡問：「妳有看見什麼嗎？」

封的手腕被抓得隱隱作痛，她嘟著嘴朝手腕吹氣，一臉不滿，「幹麼這麼用力啦，我的手都紅了。」

「快點，妳有沒有看見什麼？」任凱不耐煩地推了封的肩膀一下，再次指了指樹叢後那雙慘白的腳。

封皺著眉頭暗想，這學長外表帥氣，又是萬人迷，態度卻一點也不溫柔，果然不能以貌取人！

「你要我看什麼？」封沒好氣地回應，不就是一堆樹葉嗎？

那雙腳站在原處沒有移動，任凱挑了挑眉，「所以妳看不見。」

「看不見什麼東西？」

「所以不是本來就看得見，而是因爲……」任凱喃喃自語。

「你在說什麼？」

這時，下課鐘響起，在陣陣迴盪的低沉鐘聲裡，任凱似乎聽見有另一個聲音重疊上去，像是過重的呼吸聲，又像是低語聲，或著該說是——哭聲。

「夠了！」任凱抬手摀住耳朵，用力甩甩頭，想將那聲音驅逐出腦海。

見任凱突然舉止怪異，封嚇得往後退了一步。這個學長眞的怪怪的，她是不是先逃走比較好？

雖然這裡不算是校園死角，但也相當隱密，如果從操場上看過來，只有某個特定角度才能看見他們。爲什麼學長要帶她來這種地方？

鐘聲打完，任凱也停下了怪異的動作，只是他的臉色發青，像吃壞了肚子一樣。

封原本想要逃走，但是見任凱好像眞的很不舒服，便稍稍朝他靠近了些，伸出手拍了他的肩膀。

「你……你還好吧？」

「不要碰我！」任凱像是觸電一樣，猛地拍開封的手。

「哇！」封嚇了一跳，氣得說：「幹麼啦！我是關心你……」

話才說到一半，她忽然發現任凱的臉紅了。

「妳快回去啦！」任凱轉過身，不讓封繼續盯著他紅得驚人的臉。封就算再好奇，面對任凱的抗拒，也只能往後退一小步，「如果沒事的話，我就先走嘍。」

「快滾！」

「哼！凶巴巴！」封不高興地回敬一句，轉身離開。

任凱臉上的紅暈漸漸消散，他盯著圍牆上頭的碎玻璃，聽著封小跑步離去的聲音，在內心盤算，現在蹺課回家大概還來得及結束一整天的詭異遭遇，應該還不會被纏上吧。

他雙手放到圍牆上，卻突然覺得有哪裡不對，於是撇過頭往樹叢看去，那雙慘白的腳竟已不見蹤影。

他心頭一震，立刻回頭尋找封的身影，卻只來得及捕捉到她消失在轉角的瞬間，後頭赫然跟著一雙白皙的腳。

第三章

那個學妹一定有招鬼體質。

任凱嘖了聲，告訴自己管到這裡就好，人會被鬼魂纏上一定有原因，更何況他連那學妹的名字都不知道，非親非故，何必蹚渾水？

任凱忽然想起那張和自己一模一樣的臉，那個人求救過，他們卻不肯相信，因此斷送了他的生命。之後，任凱繼承了他的雙眼，從此看得見他曾看過的另一個世界，那個他們曾經不相信的世界。

雙手搭上圍牆，任凱右腳踩在牆緣上，熟練地一蹬，整個人瞬間騰空，俐落地翻到牆外，雙腳穩穩踏在水泥地上。

他頭也不回地往大馬路走去。

雖然踩在穩固的水泥地上，但任凱的心仍有些不踏實，懸在那裡，他甩不去這種隱隱的罪惡感。

他還是很在意那個學妹的事。她的氣場如此清澈，眼神就像小動物一樣天真無邪，那樣的人，怎麼可能會做過引來鬼魂索命的缺德事？

夠了，這些根本不關他的事。

任凱甩了甩頭，決定找個地方休息，讓腦袋停擺。

近年來純粹的網咖和租書店沒落不少，大多數店家都轉向複合式經營，結合漫畫內閱、網路服務、餐飲供應的模式興起，有的店家還有獨立小包廂，甚至附有淋浴間。

任凱來到常去的複合式網咖，跟櫃檯的小妹租了一個單獨的小房間，打算包場三小時，順便點了份泡麵附綠茶的套餐。

櫃檯小妹竊笑著偷瞄任凱，讓他皺起眉頭，「妳幹麼？」

「阿凱，我們這裡前幾天發生了靈異事件。」

「關我啥事？」

「幹麼這樣，你不是看得見嗎？快幫我看看現在乾不乾淨。」櫃檯小妹就叫做小妹，全名是朱小妹。朱小妹討厭人家叫她全名，但任凱就喜歡做人家討厭的事情，所以總是叫她的全名。

自從國中輟學後就一直在這打工的朱小妹染了一頭金色短髮，兩隻耳朵上各有五個耳洞，她外表看似愛玩，其實行為還算守規矩，雖說因為工作而認識了形形色色的人，卻沒有誤入歧途——也或許只是還沒有。

朱小妹會知道任凱擁有陰陽眼，全是一場意外，只是因為任凱某次看見一個男人對她大獻殷勤，就在她快要被騙走時，任凱終於忍不住開口提醒，說對方身上掛著好幾個尚未發育完全的嬰靈。

從此朱小妹便將任凱當作靈媒，什麼奇奇怪怪的事情都會拿來問他，為此任凱相當後悔。

「我什麼都不想看。」任凱往租下的包廂走去，留下朱小妹嘟著嘴巴抱怨。

包廂裡頭有台配備二十四吋大螢幕的電腦，和舒適的沙發，任凱坐下後戴上耳機，讓自己沉浸在遊戲世界中的打打殺殺。

當他所操控的矮人族拿到稀有的鐵杵時，他暢快地大叫了一聲好，打算晚點跟阿谷炫耀自己的角色拿到稀有寶物。

任凱走到新地圖的入口，隨即被指派了新任務，尋找金鑰匙。他扭扭脖子，找個安全的地方讓角色坐下休息後，轉而連上網路隨意瀏覽，並習慣性地點開學校的討論區。

討論區必須以學號註冊，使用者大多都是在校的學生，然而因為是匿名留言板，所以時常發生筆戰。任凱記得阿谷似乎就多註冊了兩、三個帳號當分身，時不時上去和人筆戰一下，這是他的興趣之一。

討論區中不意外的一定會出現一些學生的八卦，特別是某些受歡迎的人物更是討論的焦點，任凱的名字就常常出現在其中，什麼奇怪的傳聞都有，他也懶得澄清，就讓那些人去胡亂發言。

他這次來到討論區的目的，是想看看學校的「不可思議傳說」這個討論版。

任凱曾經以爲那些傳說不過是以訛傳訛，後來卻發現，傳說其實多少都有所根據，就算是有人捕風捉影、加油添醋，也都會有某個作爲基礎的事件。

任凱曾經閒著沒事，實際去驗證過討論區流傳的一些不可思議傳說，結果十個地點裡面有八個眞的有好兄弟存在，只是原因都與傳聞有些出入。

點開討論區，大多都是廁所、專任教室、頂樓、樓梯間或是特定幾間教室的傳說，就是沒看到關於保健室和一年級教室走廊天花板的鬼故事。

捏了捏鼻梁，任凱再次打開遊戲，在畫面變黑的瞬間，螢幕竟然反射出他身邊有一張慘白的臉。

遊戲畫面跳出，任凱的矮人角色依然坐在樹下休息，但他無暇注意，而是屏住了呼吸，視線緩緩向右邊移動，那裡什麼也沒有。

他回想著剛剛的畫面，有個女人坐在他的右手邊，那張慘白的臉像是樹叢那雙腳的主人。爲什麼？她不是跟著那個學妹走了嗎？怎麼現在又跑到他這裡來？

一想到自己和阿飄在密閉空間裡共處，任凱忍不住從椅子上跳起來，遊戲也不玩了，急匆匆地跑出包廂朝櫃檯而去。

朱小妹正在調製飲料，看見任凱臉色難看的模樣，她歪著頭，一臉疑惑。

「阿凱，怎麼了嗎？」朱小妹將一坨顏色怪異的東西倒進杯子裡。「難道對我說的靈異事件有興趣了？」

任凱暫時不想再回到包廂裡，因此只是聳聳肩，不置可否。

朱小妹將他的反應視爲同意，眼神發光，「等我一下，我先把飲料送去給客人。」

任凱看著她雀躍地將手中顏色詭異的飲料送到一位客人桌上，心中不禁替對方默哀。正在打遊戲的那位客人看也沒看就將飲料往嘴裡送，但幾乎是在嘴唇碰到飲料的瞬間，他便立刻一口噴了出來。

當然，已經轉身回到櫃檯裡面的朱小妹沒有看見這一幕。

「好了！」朱小妹在自己的牛仔褲上來回擦拭雙手。

「什麼事情？」任凱單手撐在櫃檯上，眼角餘光瞥見有個人站在一旁，於是挪了挪身子，他以爲對方是要點餐的客人。

不過眼前的朱小妹只是盯著他的臉，絲毫沒有出聲招呼那位客人的意思。就在任凱會意過來的瞬間，他的半邊身體一陣發麻，那種感覺就像是睡覺時壓住胳臂太久而造成的痠麻，同時還有股冷意直竄上心頭。

這一整天下來遇見的鬼簡直可以湊一桌麻將了。

他在心裡問候了一遍所有人的娘親。

任凱不自在地扭動頸部，側身轉往另一邊，用後腦杓對著那大概又是鬼的男人，來個眼不見爲淨。

「我跟你說，這眞的很誇張唷！」朱小妹的目光閃亮，壓低了聲音，卻壓抑不住興奮。

任凱聽著朱小妹說話，一臉意興闌珊，還是不禁扭頭瞥向那個男人。垂著頭的男子側臉看起來很年輕，臉色卻過分蒼白，溫和的模樣看似無害，是地縛靈嗎？

「幾個禮拜前來了一個從來沒見過的客人，他一下就付錢包了好幾天的包廂，根本等於在網咖住下了，但也不是沒見過這樣的人，所以我沒特別注意。他租的是獨立包廂，只有送餐時我才會過去。」朱小妹將一側的短髮勾到耳後，目光往另一邊的某個包廂看去。

「那就是他租下的包廂？」任凱挑眉。

朱小妹點點頭，繼續說：「他每天晚上準時八點會去洗澡，可是那天晚上，我沒見他出來洗澡，也沒收到他的點餐記錄，忍不住有點擔心，新聞不是常報導什麼打電動打到暴斃在網咖嗎？所以我就緊張啦，正打算去敲他的包廂門，結果你猜怎樣？」

任凱聳聳肩，明顯沒有猜的意願。

「他突然從包廂裡面走出來，還瞄了鬼鬼祟祟的我一眼，害我超想找個地洞鑽進去的。確定他沒事，我就回到櫃檯，之後也有看見他從淋浴間回到包廂，然後一夜無事到了隔天。結果你猜怎樣？」

「別再要我猜了，妳就直接講吧。」畢竟旁邊還有個東西在聽，任凱實在沒心情和朱小妹玩猜謎。

「他死了。」朱小妹神祕兮兮地說。

任凱一點也不意外。

「一直到隔天下午他都沒有再點餐，我就又過去看看情況。包廂的門是關著的，裡面傳出敲打鍵盤的聲音，我正打算敲門時，突然砰的好大一聲，好像是有什麼東西撞到門了。我馬上把包廂門打開，結果就看見他倒在地上，臉色發黑。」朱小妹兩手一攤，「警察說，他最晚在昨天六點至七點之間就已經暴斃了，可是我八點多還有看到他去洗澡，你說，那不是鬼是什麼？」

朱小妹看起來完全沒有因爲看見屍體而留下什麼心理陰影，反而像是發現了寶藏一般，神情除了興奮還是興奮。

「那監視器呢？」

朱小妹眼睛一亮，「說到監視器就更玄了，什麼都沒有拍到！但我不可能眼花，就算是我眼殘看錯好了，總不可能其他客人也跟我一樣看錯吧？」

「有其他客人看見他？」

「沒錯！」朱小妹雙手環在胸前，得意洋洋地說，自己還將生平第一次見鬼的事情寫到行事曆上面作爲紀念。

對於朱小妹的這種行爲，任凱同樣不意外，這傢伙本來就有點少根筋。他又看了看那名面容蒼白的男子，心中對他的身分已經有底。

「那個男的是不是穿著綠色格子襯衫、刷白的牛仔褲，皮膚很白，劉海蓋住眼睛？」任凱描述了旁邊那個「人」的外型。

「你怎麼會知道……不會吧！」朱小妹張大嘴巴，興奮全寫在臉上，「在哪裡？在哪裡？」

她左右張望，絲毫不怕看見奇怪的東西，手還撐在櫃檯上往底下看，就怕錯過任何可能的精采畫面。

「妳別找了啦，他已經不見了。」任凱才剛剛形容完那男人的模樣，對方就轉瞬間消失了。

「蛤，好可惜啊。」朱小妹癟著嘴，一臉惋惜。

任凱臉上頓時浮現三條線，「就算他還在，妳也看不見啊。」

「也是。」朱小妹顯得相當失落。

「故事就這樣？」

「就這樣而已啊。」興致全失的朱小妹轉過身，走到水槽前清洗杯子。

「所以，我剛剛看見的那個，眞的是從學校跟來的……」任凱喃喃自語，話還沒說完，就看見朱小妹又雙眼發亮地衝回來，雙手合掌放在臉頰邊。

「看見？你剛剛看見什麼了嗎？」爲了得到最新的靈異消息，即使手上的洗碗精泡沫沾到了臉，她也無所謂，甚至還把手搭在任凱的肩膀上搖晃著。

「不要摸我！」任凱嘖了聲，臉龐微微泛紅。「那種東西畢竟是陰的，能不碰就不碰，知道嗎？」

朱小妹聳肩裝可愛，「意外碰到了也沒辦法不是？」

「妳要搞清楚『意外碰到』跟『自己故意去碰』這兩者之間的差異。」任凱不禁皺眉。

朱小妹不以爲意地吐吐舌，笑嘻嘻地要任凱講其他恐怖經驗給她聽。

任凱閃躲著朱小妹毫無顧忌的肢體碰觸，心中無奈至極。

看來，朱小妹屬於那種就算遇了鬼，也會拿起相機拍照的笨蛋。

無視朱小妹的纏人功力與低落的危機意識，任凱想著今天發生的所有事情。學校裡的靈體一直很多，但過去都相當安分，可是今天所遇見的卻個個讓他心頭不安。

天花板的黃眼女鬼、保健室的藍眼女鬼、樹叢後的蒼白雙腳，她們幾個之間有任何關聯嗎？

搔了搔頭，任凱停止思考這些混亂又摸不著頭緒的事，這時候該吃點東西，才能讓思路清晰。

「先閃了。」他轉身離開。

「你的泡麵和飲料還沒上耶！」朱小妹喊道。

「下次吧。」任凱擺擺手，離開網咖後拿出手機，才發現有好幾通未接來電，都是阿谷打來的。想到綺夢學姊的事情，他立刻回撥。

「阿谷，我在附近那間咖啡廳等你。」

附近那間咖啡廳指的並不是任凱和阿谷常去的老地方，而是咖啡廳本身的名字就叫做「附近那間咖啡廳」，而且也剛好在他們學校附近。

這個學區除了任凱他們就讀的明星高中外，還有另一所排行前段的知名大學，因此這間咖啡廳總是能看見許多蹺課、趕報告或是來打發時間的學生。雖說時常客滿，但因爲空間很大，每個座位之間的距離並不會太近，所以只要每個人都注意控制交談的音量，還算是能夠維持寧靜的氛圍。

研磨咖啡豆的機器發出喀喀聲響，烤箱叮的一聲，散發甜香的布朗尼被取出裝到盤中，服務生擠著巧克力醬在盤上寫下英文字裝飾。

咖啡倒入杯裡後，有顆虎牙的服務生熟練地在上頭畫出愛心拉花，接著將一塊巧克力戚風蛋糕放到碎花餐盤上，一起端到一名穿著白色襯衫、黑色背心毛衣與藍色格子褲的高中男孩桌上。

這是一個充滿陽光以及咖啡香的悠閒午後。

「謝謝。」任凱大口吃起蛋糕，穿著制服的他在這個時間出現，擺明了就是蹺課的學生，但他一點也不在意別人的目光。

除了他，咖啡廳裡也有其他同校的學生，服務生早已見怪不怪，完全不會想要多問一句。只要不鬧事，來者皆是客。

此處的氣場讓人覺得很舒服，而且不知道爲什麼，這間咖啡廳裡從沒有任何靈體徘徊，所以任凱很喜歡這裡。

他沒有探究過原因，只知道這家店是休息的好地方，再加上——

他看著特別宣傳菜單，上頭寫著新推出的檸檬戚風蛋糕正在進行優惠活動，買一送一。

任凱毫不猶豫地按下桌上的服務鈴，他不算喜歡吃甜食，只是特別愛吃蛋糕罷了。

十五分鐘後，阿谷狼狽地出現在咖啡廳門口，整個人好像耗盡了力氣，步履蹣跚地來到任凱對面的位子坐下。

「你是怎麼了？」任凱嚼著檸檬戚風問。

「別提了，我要翻牆出來時又被盧老頭抓到，在學校跟他玩了好一陣子你追我跑。話說回來，他都一把年紀了體力還這麼好，是怎麼回事啊？」阿谷向服務生招手，點了杯冰紅茶。

「他是軍人退役，體力當然不能小看啊。」任凱聳聳肩，將桌上另一盤檸檬口味的戚風蛋糕推到阿谷面前。

「幹麼？」阿谷斜眼。

「我幫你點的。」任凱說得輕鬆，阿谷卻嫌惡地推開盤子。

「你又擅自幫我點蛋糕，我就說我最討厭蛋糕了！」阿谷翻了個大白眼。任凱老是喜歡點新發售的蛋糕，更喜歡擅自幫他也點一份，偏偏他最討厭的食物就是蛋糕，那種要軟不軟、要硬不硬、不上不下的口感實在太噁心，眞不知道這小子爲什麼這麼愛吃。

「幫我吃一點啦，我已經吃了兩個耶。」吃完最後一口蛋糕，任凱拍了拍肚子，一副愜意的樣子。

「那也不差第三個，拿去。」阿谷完全不打算嘗試，將蛋糕又推回去任凱面前。

「幹麼不吃一點啊，這還不錯欸，新口味。」雖然這麼說，任凱還是接過了那盤蛋糕。

「廢話少說。今天是怎樣，你不是在學校嗎？怎麼又蹺課出來？」

「你不也是蹺課後又回到學校？沒見到綺夢學姊對吧？」任凱咬下一口蛋糕，檸檬香味立即在口中擴散。

「是啊，電鈴按到都快要壞了，就是沒人應門。」阿谷聳聳肩，喝了一大口剛送上來的冰紅茶，滿足地嘆息一聲。

「我記得她是一個人住？」

「是啊，因爲父母都在國外，所以她自己一個人住在那棟高級大廈裡，有錢人家的想法果然很難懂。不過綺夢學姊從來不會無故缺課，我打聽過，老師說她今天沒請假，感覺有點不對勁。」

任凱一想到綺夢學姊頭下腳上地待在天花板上，後背就一陣發寒。那個樣子……八九不離十，綺夢學姊已經掰了。

只是他依舊不明白綺夢學姊爲何會死亡，而靈體又在學校徘徊不去。

但這不關他的事。幫了一次，難保不會有第二次，誰知道阿飄會不會呷好逗相報，到時候一堆有事要幫忙的都找上門來，那還得了。

「阿凱，在想什麼啊？」阿谷的手在任凱眼前晃了晃，拉回他飄遠的思緒。

任凱心想，問一下應該無妨，於是開口：「綺夢學姊最近有什麼異常的地方嗎？」

「異常？啥意思？」阿谷挑眉。

「你不是說綺夢學姊不會無故蹺課嗎？所以應該是發生了什麼事情，總會有些徵兆吧？」任凱解釋。

阿谷的疑惑不但沒有減少，反而還更加懷疑地打量起任凱。

「你幹啥？」

「你為什麼突然這麼關心綺夢學姊的事情？」阿谷先是瞇眼，然後忽然瞪大眼睛，「你不會對她有興趣了吧？欸，不行喔，是我先看上的，你不會想要搶兄弟的馬子吧？」

「什麼馬子，難道你追到綺夢學姊了？」任凱故意挑剔阿谷話中的語病，視線不經意地落到窗外的馬路上。

車陣中央突然出現一雙白皙的腳，正是他一直以來在樹叢中看見的那雙。

他在心底嘖了聲，還是跟來了嗎？

不過那雙腳沒有走進這家店，只是在外頭站著。

「你幹麼啊，不會眞的是要追綺夢學姊吧？你不是說對那種類型的女生沒興趣嗎？」阿谷還在擔心。

見阿谷臉上充滿擔憂，任凱也沒什麼心情捉弄他，擺擺手說道：「你別傻了，快回答我的問題。」

「其實我也不知道這算不算是異常，以前我每次去找她聊天時，她都會禮貌性地跟我哈啦，不過最近幾個禮拜她好像是眞的挺開心的。」阿谷想起綺夢學姊對自己微笑的模樣，忍不住一陣陶醉。

阿谷這個樣子實在有點噁心，任凱忍不住在桌下用腳踢了他一下，要阿谷回神。

「就這樣？」

「就這樣啊。」阿谷說得理所當然，「拜託，說穿了也只是我一直死纏爛打黏著她，對於她的事情，我知道的其實不多。」

「原來你還有自覺啊。」任凱頓時對阿谷另眼相看。

「喂！你那什麼佩服的眼神？收回去收回去。總有一天，我一定會追到綺夢學姊給你看的。」彷彿爲了賭一口氣，阿谷發下此等宏願。

任凱只能在心裡默默同情阿谷，畢竟他跟綺夢學姊之間已經完全沒有任何可能了。

「對了，你跟那個學妹是怎麼回事？」任凱突然想起那個圓臉圓眼的小學妹，她被帶有殺意的鬼魂跟隨著，不知道會不會發生什麼意外。

「啥學妹？」

「你健忘症啊？你之前不是被盧老頭抓到保健室跟一個學妹道歉嗎？」

「我阿谷哪有跟人家道歉？沒那回事！」阿谷硬是裝傻，對他來說，向一個女人道歉根本是奇恥大辱。

「你倒是很常跟任馨道歉。」任凱吃下最後一口蛋糕。

「你家任馨根本不是人類好嗎！光是一個眼神看過來就能讓我毛骨悚然了……」阿谷一邊說一邊東張西望，就怕任馨突然冒出來。

任凱只能搖頭。他明白阿谷的恐懼，就連他自己也很怕……嗯，是「尊重」任馨，他那可怕又任性的姊姊。

「好了，我都親眼瞧見你道歉了，別在那邊死鴨子嘴硬。」

「馬的，那你問屁啊！」阿谷氣得一口灌下冰紅茶，他當時只差沒有找個地洞鑽了，實在有夠糗。

「那個學妹你認識嗎？」問完這句話，任凱才想到，阿谷的朋友他哪有不認識的？所以馬上換了個問法，「應該說，你爲什麼會撞到她？」

「盧老頭追我，她擋在路中央，就『砰』！」阿谷在空中用力拍了一下手，咖啡廳裡有不少人都被嚇了一跳，紛紛看過來。

「所以那學妹爲什麼杵在走廊中間？」任凱不理會其他人的目光。

「我哪知道，好像是在撿什麼東西吧。」雖然他撞到學妹害人家受傷是有錯，可是他自己也翻了一圈耶，都沒人關心他有沒有怎樣。

以前的社會是重男輕女，現在人人嘴巴上說男女平等，但根本就是重女輕男。

「你該看看我撞到那個學妹時，她身邊的朋友是什麼態度，我是學長欸！現在的一年級都這麼囂張嗎？」阿谷一副看不慣「世風日下」的樣子。

「我看你只是不能接受居然有學妹不仰慕你吧。」任凱哈哈笑著。

阿谷一邊抱怨著說自己才沒那麼無聊，一邊又開始講起綺夢學姊的事。

任凱漫不經心地聽著，心裡想的是，那時候學妹在撿什麼東西？

也許她所撿起的東西，就是那些鬼魂之所以跟著她的原因。

第四章

封總覺得心裡不踏實。

腳下踩著的是學校走廊，她今天才結結實實地被撞倒在這裡過，能用發痛的後腦杓保證，這的確是水泥地板。

但是為什麼，她每踏出一步都感覺好像踩在雲裡？

四周安靜得讓她的呼吸聲都顯得吵雜，明明是下課時間，她的耳朵卻接收不到其他聲音，只能聽見自己的呼吸以及心跳聲，還有……一個與她重疊的腳步聲。

封心裡一驚，猛然轉頭查看，眼前是一條白色的長廊，周圍起了濃霧，她什麼也看不清楚。

但躂躂躂的腳步聲卻如此清晰。

「是誰？」她雙手揪住百褶裙的裙角，聲音有些顫抖。

躂、躂、躂。

那腳步聲一下在她的後面，一下在左邊，一下又跑到了右邊。

封隨著腳步聲轉了好幾次圈，就是沒見著腳步聲的主人。

忽然，那腳步聲密集起來，竟然在牆上響起，像是跑上了牆，接著來到天花板，然後是另一邊的牆壁，最終停在封的身後。

封停下腳步，害怕得不敢回頭。

一陣冰冷的氣息吐在她的後頸上，口袋裡的玻璃珠瞬間變得像冰塊一樣，凍得她身體一僵，又轉眼變得炙熱。封尖叫著想把玻璃珠拿出來，一雙忽冷忽熱的手卻猛地抓住她的手腕。

那雙手染滿了血，紅豔豔的血印子沾上了她的手，她再度放聲尖叫——

「封！妳怎麼了？」睜開眼睛，喬子宥滿是焦急的臉孔出現在封的眼前，四周的霧氣消失無蹤。

封轉轉眼珠子，看見站在一旁的林沛亞和李佳惠，三人都是一臉擔心。

「妳怎麼沒有躺在床上休息？」李佳惠趕緊扶起她。

三人因為擔心封，一下課便連忙跑來保健室，卻沒看她躺在床上。張秀娟說他們已經回教室去了，三人聽了卻十分疑惑，為什麼是「他們」？

沒想到一出保健室就聽到後頭傳來尖叫聲，三人繞到花園，看見臉色蒼白的封昏倒在花圃中，喬子宥立刻搖醒她。

「妳怎麼會在這？」林沛亞皺眉看著身上沾到泥土的封。

「奇怪，我剛剛明明跟任凱學長……」封也不明白自己怎麼會莫名其妙出現在保健室後面的花園。

「什麼?任凱學長?妳跟任凱學長怎麼了?」李佳惠一聽見關鍵字，馬上推開喬子宥，雙手放在封的肩膀上不停搖晃。她好羨慕封的運氣，先是跟阿谷學長有所接觸，現在又認識了任凱學長。

「別、別搖啦……」封暈頭轉向，感覺眼睛都花了。

「這是怎麼回事？」喬子宥不滿的情緒全寫在臉上。

「妳先說任凱學長怎麼了啦！」李佳惠再次猛搖封的肩膀，急著想知道內情。

「我根本不知道現在是什麼情況……」封被晃得七葷八素，完全搞不清楚狀況。她都還沒完全清醒，就馬上被一堆問題轟炸。

想到三個好友剛剛擔心的樣子，她決定不說出自己的恐怖遭遇。反正這種事情大概也不會再遇到第二次，何必讓大家一起害怕呢?

「怎麼了？」見到封突然出神，林沛亞拍了她一下。

「沒、沒有啦，他剛好也來保健室，之後就先離開了。」封隨便回答，「然後我來花園看花，卻不小心睡著了，哈哈。」

這種誇張的解釋聽起來很不可思議，但的確很像是少根筋的封會做的事，因此三人倒也沒有起疑。

「我去找一下任凱學長。」封說著，順便低頭拍掉裙子上沾到的泥土。

「爲什麼要找那個學長?」喬子宥皺起眉頭。

「我有點事情想問他。」

雖然任凱有點奇怪，但封覺得學長一定知道些什麼，就算不知道，一定也不怕那些東西，不然在保健室時怎麼會主動跑過來幫她？平常人要是見到鬼，應該嚇都嚇死了，躲都來不及了吧。

「妳要去二年級教室嗎？那我跟妳一起去。」李佳惠自告奮勇，目的當然是想去看看受歡迎的兩名學長。

「好啊。」

喬子宥還來不及阻止，封和李佳惠就跑往B樓梯了。

來到二年級的專屬樓層後，李佳惠突然躲到封的身後，推著她繼續向前。

「任凱學長他們是三班，走吧。」

「妳幹麼不走前面？」封疑惑地回頭問，李佳惠明明一直很期待，現在怎麼又退縮了。

「妳先啦！」李佳惠扭扭捏捏的，就是要封打頭陣。

她們站在三班門口張望，封叫住一個剛要踏進教室的長髮學姊，表示想要找任凱。

「任凱？雖然書包還在，不過八成蹺課了吧。」學姊的語氣稀鬆平常，「阿谷也不在，應該是一起翹頭了。」

兩人道謝後往樓梯下走，李佳惠一臉失落。

封回想了下，當時任凱帶她去到了圍牆邊的樹叢旁，也許在那之後就蹺課了吧。

該不會是因爲看到鬼，覺得太可怕，所以就決定蹺課出去拜拜了？

但是拜神明有用嗎？

封想到自己的父母總是說世上無神，可奇怪的是，雖然不信神，父母卻認定世間有鬼魂存在。

「有找到學長嗎？」一回到教室，林沛亞和喬子宥劈頭就問。

「沒有，學長蹺課了。」封無奈地回答。

她沒有學長的聯絡方式，而明天又是禮拜六，所以只能等到下禮拜一了？不過下禮拜一就能順利見到他嗎？

鐘聲響起，大家回到座位上，拿出課本。這堂是凌然的英文課，她是封最喜歡的老師，不但長得非常漂亮，人也很親切，所以很受學生歡迎。

封看著窗外的藍天白雲，微風輕拂過臉龐，她深吸一口氣，總覺得風裡似乎帶著獨特的甜香。

這樣的微風讓人昏昏欲睡，彷彿躺在軟綿綿的白雲上，感覺實在非常舒服。

她閉上眼睛，回想起當時在走廊上聽見的奇怪聲音。

她記得當時那奇怪的聲音是從天花板上傳來的，所以她下意識地朝天花板看去，才會發現那個蹲在日光燈後的黃眼睛女鬼。她的喉嚨好像受傷了，不知道是口水還是血的液體從頸上的破口處緩緩流淌而下，那女鬼好像想說什麼，但她的聲音像是風穿過破洞的輪胎，封抓不住任何完整的句子。

女鬼蹲在日光燈的燈座上，長髮從天花板垂到地面，沒有眼皮的琥珀色大眼珠直勾勾地瞪著封。

記憶只到此處，再來就是奇怪的夢。她走在一片虛無之地，有人在四周奔跑，然後一隻忽冷忽熱的手突然抓上她的手腕。

那應該是夢吧？

摸摸口袋裡的玻璃珠，封覺得所有的不對勁似乎都是因為自己撿起了這顆玻璃珠，也許她等等該把玻璃珠放回保健室後方那片花圃，這樣應該就不會再發生什麼奇怪的事了吧？

這時，一道強烈的視線從頭頂投射而來，讓封如同觸電一般頓時睜開眼睛，全身一震，她大幅度的動作引來講臺上凌然的注意。

「封葉，怎麼了嗎？」

頭頂那道視線瞬間消失，全班四十幾個人的目光全落在封的身上。

「咦……凌老師，妳什麼時候進來的？」封瞥了一眼牆上的時鐘，發現居然已經過了五分鐘，她感覺自己明明才閉起眼睛沒幾秒。

「妳剛剛睡著了？」凌然皺起眉頭。

「沒有啦，眞的！」封連忙澄清。

「好吧。那接下來，我們來個單字小考吧。」

「不要啊！」一陣哀嚎響起，但所有人都還是乖乖拿出測驗紙。

封一面聽著凌然念單字，一面想辦法拼出正確英文，可是頭髮一直落下來搔著她的手背。她把頭髮往耳後塞，但又掉下來，再塞、還是再掉。

吼！氣死人了！她忍不住發怒。

但封突然想到，她的頭髮已經燙捲了，那些落在她手背上的頭髮卻是直的……

封緩緩地將視線往上移，原本躲在走廊天花板上的女人，此刻正倒吊在她的頭頂正上方，銅鈴大眼直勾勾地瞪著她看。

還來不及尖叫，封就再一次暈了過去。

有人在挖土。

封聽見鏟子尖端沒入土壤中的聲響，是悶悶的沙沙聲。

空氣中好像帶著點血腥味，然而比那更恐怖的是一種帶著狂暴和興奮的異樣氛圍。

喜。

身旁那個人的暴戾明顯地散發出來，她幾乎連毛孔都能感受到那種強烈的狂喜。

封想挪動身體，卻發現全身無一處能依照自己的意志動作，她的手腳似乎被束縛起來了。

她努力想發出尖叫，卻只能發出一陣奇怪的聲響，像是風穿過牆壁上的破洞。

她這才知道，原來她的咽喉破了個洞，灼熱的血液流淌過她的胸口和手臂，滴落到地上，蜿蜒成一整片鮮紅。

她拚命張開眼睛，以爲能看清楚眼前是什麼狀況，以及身邊那個人是誰。但沒有。睜開眼，四周是一片全然的黑暗。

「啊……」她發出呻吟，聲音卻不是自己的，而是另一個女人的。

那樣的絕望、急迫，期待別人伸出援手，用盡全力垂死掙扎著，既希望有人救她，又矛盾地認爲自己在劫難逃。

「救命、救救我……」

「請你饒了我，請不要殺我……」

「別殺我——救命啊——」

這些聲音來自不同的女孩，好像就在耳邊，卻又彷彿離得很遠，封動彈不得，在一切未明的情況下，她覺得自己快要瘋了。

突然間，大地劇烈震動，一陣天崩地裂，建築物的鋼筋發出刺耳的吱嘎聲響，接著玻璃破裂、櫥櫃倒下，眾人驚聲尖叫。

接二連三的驚天巨響後，迎來的是一片死寂。

天地間從未如此安靜過。

「天欲滅人啊——」第一個出現的聲音，是女人淒厲的喊叫。

恐懼和絕望蔓延，彷彿有人打開潘朵拉寶盒讓所有的不祥奔湧而出。

封感受到強烈的痛苦，這裡是人間煉獄。

天要滅人，所有人都難逃一死！

「封葉！」

一個叫喊聲讓封倏地睜開眼睛。

「封葉，妳怎麼了？」凌然的嘴唇有些發白，神情緊張，隨堂小考進行到一半，封突然全身顫抖，而且還放聲大哭，像是中邪了一樣。

全班同學都被封的怪異行徑嚇傻了，一個個默默望著她。

封的雙頰被眼淚沾溼，剛剛的絕望與恐懼還充塞在胸口，彷彿她很久以前眞的曾經歷過那些一樣。

如此眞實，卻又如此遙遠。

「凌老師，我覺得封可能還是不太舒服，我帶她去保健室休息好了。」率先打破靜默的是喬子宥。

「眞的不舒服的話，要不要請父母來接妳回家呢？」凌然憂心忡忡，明顯被封剛才的異狀嚇到了。

林沛亞擰著眉頭站在一旁，說：「老師，我先去找班導幫封葉請假。」

「好，封葉，妳聯絡一下爸媽。」凌然點點頭，林沛亞立刻起身前往導師室。

喬子宥拿出手帕替封拭去額頭上的冷汗，李佳惠則在一旁幫忙收拾封的書包。

而封勉強打完電話給媽媽後，便只是傻愣愣地掉著眼淚，她的胸口有種非常難受的情緒。

在喬子宥和李佳惠的陪同下，她走到校門口，等媽媽來接她回家。

「麻煩妳們兩個了，謝謝。」封的媽媽身材嬌小，乍看之下可能會以爲她只有二十幾歲。等兩位同學離開後，封媽才看著封問：「怎麼了？」

「不小心睡著，做了惡夢。」封聳聳肩，隨便扯了個謊，她不想讓媽媽擔心。

一陣輕柔的風在此時吹來，讓封頓時感覺身體輕鬆不少。

她抬頭，發現媽媽一臉複雜地盯著自己看。

「媽，怎麼了？」

「妳眞的沒事？」

封點點頭，「我覺得好多了，剛剛那陣風很舒服。」

此話一出，封媽的表情變得更加複雜。

「媽，妳怎麼了？」

「沒什麼，我先送妳回家休息。」封媽拉過封的手臂，緊張地東張西望。「剛剛那陣風……」

見媽媽沒說下去，封又問了聲怎麼了，但封媽不再說話。

回家的路上，氣氛不太尋常，封媽神色緊張，不時左右張望，封不只一次追問怎麼回事，但封媽只是說沒事。

等到把封送回家後，封媽打了通電話給封爸，接著便急忙要出門去找他。

「記住，別讓妳的情緒有所波動，保持平靜。」出門前封媽還特意叮嚀，封完全不明白她的用意，卻來不及問清楚。

一個人待在家實在無聊，而且也不知道是不是因爲那場惡夢的關係，封總覺得有人在監視自己，最後便決定出去溜達。

走到巷口的時候，封看見了一台加長型黑頭禮車，在這個建築高度平均不超過五樓的住宅區裡，居然出現這麼豪華的車子，讓封不禁驚呼一聲。

她走近那輛車子，試圖看清楚車內的情況，可惜車窗玻璃貼著黑色的隔熱紙，什麼都看不見。車子的引擎還啓動著，裡面或許有人，因此封不敢停留。

她又看了兩眼，便往「附近那間咖啡廳」走去。

黑頭車後座的窗戶降下，一個戴著黑色墨鏡的女人看著封的背影消失在轉角後，又回頭看了眼封家的陽臺，最後關上窗戶，車子緩緩開動。

封一推開咖啡廳的店門，便聞到濃濃的咖啡香，這香氣讓她的心神安定了不少。原本她還擔心自己穿著制服會有些突兀，但坐在裡頭的客人們看起來也幾乎都是學生，甚至有幾個還穿著國中制服。

「一位嗎？」站在櫃檯後方煮咖啡的男孩出聲詢問，他的頭髮染成醒目的銀白色，略顯稚氣的臉上掛著親切的笑容，露出一顆虎牙。

「啊，對，一位。」封有些彆扭地點頭。

「請跟我往這邊走。」男孩拿起一旁的菜單，招呼著封往單人座走去。

當他經過封的身邊時，封嗅到他身上有股好聞的香味，不是人工的化學香氣，而是一種很自然的味道，有點像是棉被充分吸飽了陽光後的溫暖氣息，讓人有種說不上來的安心。

於是封多看了這名服務生一眼，瞥見他名牌上的名字，小虎。

「無線網路的密碼就是電話號碼，桌上有服務鈴，要點餐時再麻煩按鈴。」小虎將菜單放在桌上後便離開，還不忘給出一個人畜無害的溫柔笑容，讓封幾乎快要忘記這一整天發生的所有煩心事，沉浸在那美好的笑容裡。

雖然這家咖啡廳就在學校附近，封倒是第一次來。她意外發現這裡的餐飲定價眞是佛心來著，店內裝潢精緻，價位卻很親民，一杯伯爵奶茶不到一百元，算算錢包裡的小朋友，她還可以再多點一份蛋沙拉三明治，跟桌上立牌推薦的買一送一蛋糕。

封正準備按下服務鈴，目光就突然對上旁邊玻璃窗外的一雙藍色眼睛。

「哇！」她下意識地驚呼，從那雙妖異的藍色雙眼，以及那彷彿脫臼了似的下巴來判斷，應該就是她在保健室遇見的那個女鬼。

藍眼女鬼站在玻璃窗外，像是被水泡爛的雙手緊貼在玻璃上，眼神冷酷無情，又帶著狂暴的殺意。

女鬼的視線緩緩移動，停留在封的脖子上，盯著那條鏈子不放。

忽然間，女鬼像是瘋了一樣，雙手用力拍打玻璃，嘴巴不斷一開一闔，封完全聽不到她在說些什麼，但仍被嚇得從椅子上彈起來，正巧撞到一個經過她座位後方的男生。

「靠……靠！」任凱的第一聲叫罵是因爲自己被踩到腳了，第二聲則是因爲看見窗外那個藍眼女鬼。

「學長！救命啊！」封一見到是任凱，連忙撲上去，「那個女鬼又出現了啦！」

「妳根本是招鬼體質吧，別碰我！滾開啦！」滿臉通紅的任凱一面推著不斷黏上來的封，一面伸手想遮住窗外藍眼女鬼那張可怕的臉。她的眼神無比怨毒，像是深閨怨婦。

忽然，藍眼女鬼的視線往任凱身後飄移，眼睛微微睜大，她再次惡狠狠地瞪了封一眼後，便瞬間失去蹤影。

任凱回過頭，發現那名有著虎牙的服務生走過來了。他手中端著冰滴咖啡，對任凱笑了笑，然後轉身走向其他桌。

「學長啊啊啊啊，快救命啦！」還埋在任凱懷裡的封不知道女鬼已經消失，依舊亂喊著。

「妳安靜下來，已經走了啦！」任凱用力推開封。

「好痛！」撞到桌角的封含著眼淚，「學長，你好粗魯……」

任凱翻了個白眼，不想理會，逕自往自己的位子走去。

「等等我啦！」封不敢再往窗外多看任何一眼，立刻拿起自己桌上的東西，緊緊跟在任凱後面。

任凱眼角餘光瞥見封跟了上來，不自覺地嘖了聲。他一點也不想跟那些女鬼扯上關係，更不用說引出那些女鬼的學妹了。

而且這學妹居然還大膽到伸手抓著他的衣角！任凱馬上甩開，但封又抓上，再甩開、再抓上，兩人就這樣來來回回好幾次，沒完沒了。

「妳到底要幹麼啦！不要碰我可以嗎？」任凱花了很大的力氣壓抑內心強烈的不耐，才不至於暴怒大吼。

「我會怕啦！你不是也有看到嗎？爲什麼一直跟著我，好可怕……」封的眼淚就快要掉出來了，看起來就像隻落難的花栗鼠，可憐兮兮。

算了，這是在愛護動物，總不能把動物丟在一邊任其自生自滅吧？

任凱這樣說服自己，但還是不斷甩開封拉住自己衣角的手。

「是怎樣？上個廁所附送一隻動物？」阿谷遠遠就瞧見任凱身後跟了一個女孩，雖然任凱很受歡迎，但他還是第一次看見任凱讓女孩子跟著。

「咦？啊？這不是……」阿谷瞇著眼睛，覺得封看起來相當眼熟，接著猛然驚覺她就是在走廊上被他撞到的那個學妹，「妳幹麼啊？我已經道歉過了！別想要我說第二次！」

「才不是，我不是來要你道歉的，是因爲有阿飄……嗚嗚！」話還沒說完，封就被任凱打了一下頭，這幕場景實在很熟悉。

「她是來找我的。」簡短的解釋卻讓阿谷露出曖昧的表情，任凱連忙澄清，「你別瞎猜，有損我的行情。」

「說的也是。」阿谷深有同感地聳聳肩。

封雖然聽不太懂他們的對話，但也隱約猜到是在消遣她，正不高興的時候，小虎適時端上了熱伯爵奶茶、蛋沙拉三明治以及買一送一的蛋糕，封一臉驚奇。

「你怎麼知道我想要點這些！」她明明還沒點餐，而且居然知道她從窗邊的位子換來這裡了，這個叫小虎的服務生好厲害。

相較於封的天眞，任凱則是瞇眼看了看小虎，對方揚起人畜無害的微笑，微微欠身後離去。

那個服務生實在太古怪了。任凱想起剛才那藍眼女鬼好像就是因爲看見這個服務生才離去，也許這間咖啡廳沒有鬼魂徘徊，也是因爲那個服務生的關係。

「妳跟阿凱一樣都點了蛋糕。」阿谷嫌惡地說。

「學長，看樣子我們很合得來喔！」封對任凱眨眨眼，想趕快打好關係，以免等等又被他扔下。

「並沒有。」任凱才不希望和這個有招鬼體質的學妹合拍，「妳叫什麼名字？」

「我叫封葉，封印的封、葉子的葉，大家都叫我封。」封立刻端起笑容自我介紹。

「妳來找阿凱做什麼？」阿谷喝了口已經快要見底的紅茶。

「這……」封看了任凱一眼，剛剛她要說實話卻被阻止了，看來不能把這件事情掛在嘴上。也是，遇鬼這種事，大家平常當鬼故事講講就好，當有人斬釘截鐵地這麼說時，就會被當作神經病。

「學妹跟我告白被拒絕，卻纏著我說希望我能給她一個機會。」任凱不假思索地說，封瞪大眼睛，差點沒將剛吃下的三明治吐出來。

「你、你、你！你說！我什麼時候在什麼地點什麼場合跟你告白了！」真是天大的冤枉啊！任凱帥歸帥，但硬把肉推來要她吃還是太過分了！

「妳小聲一點。」任凱皺眉，挖了口封的檸檬戚風。

「我、我……那是我的蛋糕！」封氣呼呼地搶回盤子。

「原來如此，看不出來妳這麼纏人啊，小瘋子。」阿谷慵懶地笑著，擺出等著看好戲的姿態。

「誰、誰纏人！還有，誰是小瘋子！」

「妳看妳不是跌倒就是亂吼亂叫，不是小瘋子是什麼？」阿谷理所當然的反應更是讓封生氣，她完全是啞巴吃黃蓮，有苦說不出。

逗著封玩的兩人覺得很有趣，其實阿谷當然明白任凱是在開玩笑，只是看見封氣鼓鼓的模樣，就不免想多戲弄一番。畢竟不是他自誇，真的很少有女孩子在他和任凱面前還可以如此自然。

「好了，我們兩個要先走了，我得說服她別再這麼迷戀我。」任凱說著，率先起身往咖啡廳外走。

「等、等等我啦，學長！」封趕緊從座位上跳起來。

「辛苦你了。」阿谷擺擺手，直到看不見任凱和封的背影後，才突然發覺有哪裡不太對。

他看著桌上的五盤蛋糕、一盤蛋沙拉和三杯飲料——

「馬的！付錢啊！你們兩個！」

第五章

也許是因為在保健室遇到女鬼時被任凱所救，封就好像剛出生的雛鳥會認定第一眼看見的動物為母親一樣，對任凱產生強烈的依賴。

兩人在公園裡挑了一處人多卻又可以隱密談話的地點，任凱坐到長椅上，封也跟著坐到一旁，不過當她坐下後，任凱卻往旁邊挪了好一段距離，離她遠遠的。

「幹麼離我這麼遠？」封又靠近一些。

「妳蹺課嗎？」任凱又往旁邊挪。

「才不是！」封說起兩人在樹叢那裡分開後，自己所遇到的怪事。

任凱越聽眉頭皺得越緊，「那顆玻璃珠給我看看。」

封依言從百褶裙的口袋裡取出美麗的琥珀色玻璃珠，在陽光的照射下，玻璃珠依舊美麗無比，卻沒有什麼冰冷又灼熱的觸感。

任凱接過去仔細端詳，「這不是玻璃珠。」

「不然是什麼？」

「這叫琉璃。」任凱將琉璃拿高一些，透過陽光看，發現中央似乎有個污漬。

「咦？這是什麼？」

「我覺得有點像眼睛耶。」封想起被阿谷撞到之前，在琉璃中看見的東西。

「照理說不會有這樣不自然的髒污。」雖然拿在手上並沒有特別奇怪的感覺，任凱還是覺得不尋常，「妳在哪裡撿到的？」

「保健室後面。」

「妳被阿谷撞到的時候，該不會也是蹲在地上撿這個吧？」

「對啊，因爲它的溫度變得很奇怪，我被嚇到……」封轉動著眼珠子，忽然想到，「學長，我剛說過的那個天花板上的黃眼睛女鬼，你有看過嗎？」

學校天花板上的鬼有不少，但黃眼睛的就只有一個。「是躲在日光燈後面，然後一直怪叫的那個長髮女鬼？」

「對！學長，你好厲害，看得見那種東西。」

「這有什麼好厲害的？」任凱皺眉。

「眞的呀，還好有你，不然我一個人實在不知道該怎麼辦。」封毫無保留地表現出依賴，任凱一時間不知道該怎麼反應。

「妳這麼容易就接受那個世界了？」任凱狐疑道。

「那個世界？鬼嗎？」封的態度很理所當然，「那當然，寧可信其有不可信其無啊，況且我都已經看見了，還能不相信嗎？」

任凱的表情沉了下來。當年他若是也看得見，是不是就能毫無保留地相信

「他」所說的話？

這麼一來，也許今天「他」就會還坐在這裡，不會只剩下他一個人。

「學長？」封歪著頭，疑惑地喚了聲。

任凱回過神，甩掉那些無法挽回的過往，將手上的琉璃翻轉幾次後，說：「那個女鬼怎麼了？」

「我覺得她的眼睛跟這顆琉璃很像……」

「最簡單的推測就是，這顆琉璃可能是那個女鬼的東西，她一直纏著妳是想拿回去吧，所以把琉璃放回原處就行了。」

「那保健室那個藍眼睛的女鬼又是怎麼回事？」

「我哪知道，妳還有撿其他東西嗎？」

封搖頭，任凱沉思了一會兒，暫時也想不出別的可能。

「總之，先把琉璃放回去再說。」

「我原本也是這麼打算，可是後來發生了太多事。」封神情無奈。

「那現在放回去啊。」

「現在？可是我們已經離開學校了。」封看了一下手錶，「而且已經放學了，萬伯不會讓我們進去的。」

白天守著校門口的是警衛，晚上則是萬伯負責值班。

「妳啊……想進學校有的是辦法。」任凱斜眼看著封，心想到時如果跟她說得要翻牆進學校，不曉得她會有什麼反應，這傢伙大概會嚷著：「不要啦！好可怕，我不敢！」

「咦？不要啦！我不敢！這樣很可怕欸，上面有碎玻璃，會受傷的！」果不其然，站在學校圍牆前的封這麼喊著。

「我無所謂啊，那琉璃妳就帶回家，繼續讓那些東西纏著妳吧。」任凱聳聳肩，故意作勢要轉身離開。

「學長！等等啦！」封哀求，只差沒有掉眼淚。

任凱也不是眞的如此心狠，他看向圍牆上方，說：「雖然碎玻璃看起來很多，但其實抓到訣竅的話，很容易就可以翻過去。」

「你怎麼知道？」

「不然妳以爲我每天是怎麼進學校的？」任凱挑眉。

封恍然大悟。

於是，任凱彎腰讓封踩在背上，封小心翼翼地觀察碎玻璃的位置，並且不忘看看四周有沒有人，然後才將手搭上圍牆邊。

「學長，我遇到一個問題。」已經爬上圍牆的封顫抖著聲音，「就是我不知道要怎麼下去。」

「跳下去不就好了？」任凱看著以青蛙般的姿勢蹲在圍牆上的封。

「我、我不敢啦！」

「那妳就不要下去啊。」

任凱滿不在乎地說著，雙手準確地放在沒有碎玻璃的地方，輕巧地一躍而起，隨即穩穩落在牆內的泥土地上。

這一連串的流暢動作讓肢體不協調的封看得一愣一愣。可惡！雖然任凱嘴巴很壞，壞到她都不想稱呼他爲學長了，然而不可否認的是，他果然還是很帥。

「好了，跳下來吧。」任凱拍拍手，對著封說。

「跳下去？很高耶！」封回過神。「還是學長會接住我？」

「放心，我不會。」任凱微笑。

「你、你怎麼這麼壞啦！」封欲哭無淚。

「我數到三，妳再不下來，我就走了。」任凱瞇起眼睛，他聽到一陣不知從哪傳來的輕微腳步聲，再次催促道：「快點啦，好像有人來了！」

封聞言，一個緊張，沒抓好距離和角度，直接就往下跳。

從牆頭落下的瞬間，她的小腿被碎玻璃刮到了，出現一道滲血的淺淺傷口。

「哇！」封痛得叫了一聲，撲進任凱懷中，任凱頓時滿臉通紅。他本來想推開封，但情況危急，只得順勢摀住封的嘴巴，從背後環抱著她躲進一旁的樹叢。

「噓。」任凱輕聲低語。

封注意到任凱漲紅了臉，原想問他怎麼回事，可是腿上的傷口灼熱難耐，仔細一聞還有濃濃的血腥味。明明只是個小傷口，爲什麼她總覺得血流個不停？

「先忍耐一下。」任凱也聞到了血腥味，那味道還夾帶著陳腐的臭味。

沉重的腳步聲和哼著歌的聲音從前方走廊傳來，兩人循聲看去，只見萬伯拖著腳走來，正在進行例行的巡邏。

萬伯在學校當了好幾十年的工友，工作態度稱得上認眞，但偶而也會小小偷懶。照理來說，巡邏時要撥開每處樹叢和花叢稍微看過，以防有人躲在裡頭，就像現在的任凱他們一樣。

這時，封察覺到口袋裡的琉璃又開始發燙，她覺得很難受，有種喘不過氣的窒息感。

萬伯站在走廊上，探出頭左右張望一陣，未察覺任何異狀後，便繼續緩緩往前走去。

直到再也聽不見萬伯的腳步聲和哼歌的聲音後，任凱才鬆了口氣，拉著封往樹叢外走，卻猛然發現，他抓到的竟是一雙冰寒徹骨的手。他轉頭一看，封早已昏倒在地，他牽著的，是一直躲在樹叢的那白皙雙腳的主人。

「妳！」任凱嚇了一跳，馬上想要甩開，卻反被對方一把抓住。

救她！

這是任凱第一次看清楚這個女鬼的臉，慘白無比，完全沒有一絲血色，但她的眼神清澈，看起來仍保有理智。

但任凱有些疑惑，她說的爲什麼不是「救我」，而是「救她」？

說完這句話，女鬼便消失了。

任凱趕緊彎身抱起封，發現她的身體十分冰冷，牙齒直打顫，嘴裡喃喃自語著：「救我……」

喉嚨彷彿被什麼東西壓住，發不出任何聲音，她似乎被關在一個箱子裡，觸手可及之處皆是冰冷的鐵板。她努力拍打著四周，震耳欲聾的拍擊聲迴盪在這小小的空間裡，讓她的耳朵與腦袋更痛了。

她不知道自己被關在這裡多久了，但她知道自己可能快死了。

眼淚滑過臉龐，嘴巴嚐到鹹鹹的淚水，還混雜著鐵鏽的味道。壓在喉嚨上的東西越來越重，她幾乎就要窒息。

忽然，她回過神，伸手摸了摸自己的耳朵。

琉璃呢？她最寶貝的那顆琉璃呢？

她在狹小細長的箱子裡艱難地移動雙手，想要找尋自己的寶物，卻怎麼樣也找不著。

於是她急了，在箱子裡頭發狂地摸索著，什麼都可以弄丟，只有琉璃不行！

她摸上自己的脖子，發現約小拇指指甲片大小的琉璃就壓在頸間。

當她取下琉璃，脖子上的壓迫感便消失了。這是怎麼一回事？

她疑惑地看著在黑暗中微微透著紫色光芒的琉璃。

另一只呢？

這對紫色琉璃耳環是她的戀人送的，但另一只不見了。

她又忽然間感到呼吸困難，隱隱約約瞥見一雙白皙的腳穿過鐵板，站在她的腹部上。

恐懼排山倒海而來，她放聲尖叫，用力拍打著鐵板大喊救命，卻無人回應……

封睜開眼睛，映入眼簾的是任凱的臉。

「哇！」她幾乎是瞬間坐起身，頭猛地撞到任凱的下巴。

「花栗鼠，起來都不用講一聲喔。」任凱摀著被撞得發疼的下巴，沒好氣地說，隨即皺眉，「妳剛剛是夢見什麼了嗎？」

封的思緒一團混亂，她環顧四周，低頭看了眼自己腳上的那道割傷，傷口仍是淺淺的，連血都沒滲出幾滴。

「你剛剛叫我什麼？」

「應該有更重要的事情可以討論吧？」任凱看著封，覺得有些好笑，「現在沒事了？」

「應該沒事……」封甩甩頭，從口袋取出琉璃，「這給你，我不想再把它帶在身上了。」

「是妳撿的，所以該由妳還回去，這樣才有意義。」這一點任凱十分堅持。

「妳剛剛夢到什麼？一直喊著救命。」

封噘著嘴，握緊琉璃說：「很奇怪的夢，跟之前不一樣，我好像被關在一個鐵箱子裡面，呼吸困難。對了，我還看見一顆琉璃。」

「又是琉璃？什麼顏色？」關鍵字再度出現。

「忘記了……好奇怪喔，我上次夢見自己躺著，旁邊有有人在挖土，這次又夢見自己被關在鐵箱裡面，怎麼會這樣？」封皺著眉頭，從任凱的懷裡爬起來。

「我就說妳是招鬼體質了！」任凱感到很頭大，「如果琉璃真的是黃眼睛女鬼生前擁有的東西，也許妳是感應到她死前的記憶了。」

「我才不要啦！學長，救我！」封嚇得臉色發白，又朝任凱撲過去。

「妳走開啦！」任凱這次眼明手快，一把推開封。

「學長，你爲什麼都不對我溫柔一點？」封一副可憐兮兮的樣子。

「我幹麼對妳溫柔？」任凱哼了聲，「還有，別再隨便碰我了。」

封突然想起，好像每次碰到任凱他都會臉紅……但現在不是管那種事情的時候。

她哭哭啼啼說著自己這十六年來都乖巧懂事，不曾亂丟垃圾也沒有說過謊，是個十足的好寶寶，應該要平平凡凡過一生才是，怎麼會遇到這種詭異的事情？

誰不想平凡過一生？

然而有些人生來就注定擁有某些天賦，即便那些天賦會爲自己惹上麻煩，也不可能捨棄。

任凱又打了她的頭一下，不耐地道：「妳閉嘴啦，這就是在教妳以後不能亂撿東西。」

「知道了啦。」封又嗚咽一聲，她只知道地上的紅包不能亂撿，哪知道連琉璃也不能撿。

「鼻涕擦一下啦！」任凱瞪了封一眼，怎麼會有女孩子能哭得這麼醜？

「學長，你眞的對女生很凶耶，眞搞不懂爲什麼你還會那麼受歡迎。」封一邊擤鼻涕一邊抱怨。

「要憐香惜玉也得看對象。」任凱翻了個白眼。

從這裡沿著前面的走廊直走，會先經過幾間老師的辦公室，走到底就是保健室以及後花園。封亦步亦趨地跟在任凱身後，夜晚的學校顯得格外陰森。

因爲有學生留下來夜自習，所以還有幾間教室亮著燈。兩個人小心翼翼地避開亮處，好在通往保健室的走廊基本上不太會有人經過，不然封和任凱還眞不知道怎麼解釋沒參加夜自習的他們爲何在學校裡出現。

任凱回想了一下剛剛的情況，那個樹叢裡的女鬼，既然她有雙白皙的腳，就暫時稱呼她爲小白好了，小白是要他去救封嗎？

而封的夢境代表了什麼？依照她的說法，兩次的夢境情節都像是被殺害的過程，但是究竟是誰被殺了？而被害的方式又爲什麼不同？

假設琥珀色琉璃是黃眼女鬼的所有物，而剛才封又夢見琉璃，那麼想必琉璃正是種種怪異事件的重要關鍵，所以藍眼女鬼的出現也跟琉璃有關嗎？

還有小白呢？一直以來都躲在樹叢後的她，現在卻露出臉來，並且主動向他求救，這些女鬼彼此之間是不是有什麼關聯？

所以任凱要封仔細回想看看，有沒有撿到過藍色的琉璃。

「我才沒有呢！」封癟嘴，哪來那麼多琉璃好撿啊。

「那就回想一下妳今天遇見的女鬼。」

「現在？NOW？」封睜圓眼張大嘴。

「是啊，趁印象深刻時說清楚吧。」

「晚上耶，而且我們快走到保健室了耶，學長……」白天講這種事就已經嚇得要死了，更何況是晚上，而且還在可以算是「事發現場」的學校裡，這分明就是拿著大聲公叫阿飄快點過來嘛！

「我需要整理一下情況，快說，別浪費時間。」任凱強硬的命令讓封又癟了嘴，她開始回想一點都不想再回想起的那些靈異事件，雖然不情願，仍敘述得相當仔細。

根據封鉅細靡遺的描述，任凱快速在腦中梳理起情況。

首先，天花板上的女鬼應該是喉嚨被割破了，所以無法說話。她不知道為什麼會躲在日光燈後面，一直試圖想對封說些什麼，但封完全無法理解，唯一能推測得到的是，對方似乎想拿回琥珀色琉璃。

再來是在保健室攻擊封的藍眼女鬼，她的肌膚浮腫，略帶青色，身體有多處刀傷，下顎更是被敲爛了，對封懷有強烈的殺意。

接著是平時待在樹叢裡，曾跟著他和封去到咖啡廳，但沒做出其他特別舉動的蒼白女鬼。她只請求任凱去救一個人，可那個人究竟是誰，任凱完全摸不著頭緒。

還有一個暫時不知道和這些事有沒有關聯的女鬼，就是他早上看見的綺夢學姊。

「所以總共有四個女鬼。」

「我不想知道數量……」封哭喪著臉。

不知不覺中，兩人已經來到保健室。因爲沒有開燈的緣故，氣氛相當陰森。

封嚥了嚥口水，被不知哪來的怪風吹得渾身豎起寒毛，她下意識地拉住任凱的衣角，「學長，我不敢過去……」

「敢亂撿東西卻不敢還回去？」任凱舉起手作勢要打封，並且順道甩開她的手，不過封再次揪住他的衣角，顯然寧願被打也不想接近阿飄。

見封一步也不肯挪，任凱只好任由她拉著自己的衣角，往保健室的後花園走去。

那裡隱隱傳來一陣陰涼，黑暗如同張牙舞爪的怪物，彷彿在等待著他們到來，隨時都能將兩人一口吞噬。

外頭有路燈，夜自習教室裡的燈光也或多或少會照射過來，照理說，再怎樣暗，也不可能全然無光。任凱停下腳步，察覺到了不對。

低頭跟在後面的封來不及止步，就這樣直接撞上任凱的背。

「好痛！」她哀叫一聲，揉著發紅的鼻子。「幹麼停下來？」

「喂，妳是在哪裡撿到的？」

「前面那裡，花圃附近。」封指著前方的一團漆黑。

望著那片黑暗，任凱心中湧現不祥的預感，想速戰速決將這燙手山芋處理掉。

「學長，陪我啦……」封握住任凱的手，任凱頓時又紅了臉。

「妳、妳放開啦！」他急著想甩開，但封依舊抓得老緊。

「學長，我會怕啦……咦？」任凱的臉紅得即使是在黑暗中也無法忽視，所以封注意到了，「爲什麼你臉這麼紅？」

「囉嗦！我叫妳不要亂碰我！」任凱又用力地想要把封的手甩開。

啊，是因爲這個原因嗎？

封故意把任凱的手握得更緊，任凱因此瑟縮了一下，轉頭咬牙切齒地瞪著封。

「給我放開喔！」

「學長，紅著臉威脅人一點殺傷力都沒有。」封忍不住笑了起來。

「閉嘴！」

一來一往鬥嘴之下，緊繃的氣氛頓時舒緩不少，最後任凱終於放棄甩開封的手。封緊緊拉著任凱，兩人走到當時封撿起琥珀色琉璃的花圃前面。

詭異的是，他們一抵達後花園，感覺就像是穿過了一層無形的薄膜，周圍的其他聲音都瞬間消失了。任凱發覺情況不尋常，正想回過頭張望，眼窩卻一陣刺痛，他痛苦地瞇著眼，一手扶著牆。

「學長?你怎麼了?」封見任凱不對勁，著急地問。

任凱舉起一隻手示意自己沒事，待眼窩的劇痛稍緩，他定神朝封看去，封的臉色蒼白，而她背後的那片牆邊，有一雙黃色眼睛在黑暗中發光。

「靠!」任凱發自內心罵出這麼一聲。

封反射性地要轉頭，任凱卻握緊她的手，「別回頭，趕快把東西放回原位。」

那個黃眼睛的女鬼就只是站在牆邊，長髮垂落到地上，一雙銅鈴大眼死瞪著封的背影。

這個黃眼女鬼跟藍眼女鬼一樣，對封抱有奇怪的執著以及恨意，但幸好不像藍眼女鬼還帶著一股強烈的殺意。

任凱一面繼續催促封快點將琥珀色琉璃放回原處，一面觀察黃眼女鬼。

封哭喪著臉，背後感到陣陣陰涼，她知道一定有東西在後面。如果只有她一個人，肯定會當場暈倒，還好有任凱陪著她。雖然任凱既粗魯又不懂得憐香惜玉，握住她的手力道也很大，但是很溫暖。

好像只要有任凱在身邊，封的心裡就會浮現那麼一點點安全感。

她戰戰兢兢地將琥珀色琉璃放回原處，雙手合十恭敬一拜。

「真的很抱歉，我不該亂拿的。」

任凱看向牆邊的黃眼女鬼。

對方的脖子上出現了一道黃色微光，女鬼看著頸間的琥珀色琉璃項鍊，露出笑容，轉身沒入牆中。

「她不生氣了……」任凱喃喃道。

「什、什麼？」封只感覺到身後的陰冷消失了。

「沒事了，回家吧。」任凱鬆開手，剛剛把他們與外界隔絕起來的薄膜已經消失，其他的詭異現象也都不見了，看樣子歸還琉璃是正確的決定。

「眞的沒事了嗎？」封驚訝地問，見任凱肯定地點頭後，她忽然喜極而泣，衝到任凱的背後跳上去抱住他，「哇！謝謝學長，我就知道找你幫忙是對的，謝謝你！」

「夠了！妳不要再碰我，滾遠一點！」滿臉通紅的任凱掙扎著。

「學長，我好像知道你爲什麼會受歡迎了，雖然你嘴巴很壞，可是人很溫柔嘛，而且你好可愛，居然被女生碰一下就會臉紅，怎麼這麼萌！」

「我數到三，妳給我下去！」任凱冷著聲音，整張臉依舊紅得跟蕃茄一樣，因此一點威懾力也沒有。

封嘿嘿笑著，從任凱背上跳下來，再次向他道謝後，忽然又嗅到熟悉的甜香。

她抬頭看著天空，一陣暖風忽然而至，吹拂起她的髮絲。

息。

「還不走……」任凱回頭看了看突然安靜下來的封，那一瞬間，他下意識地屏

封的一頭長髮在夜色下隨風飄動，看起來既虛無又脆弱，彷彿只要伸出手輕輕一碰就會消散，同時，她整個人被月色染上一層溫潤的微光，在任凱眼中就像是天上一閃而過的流星。

「怎麼了？」封對上任凱的目光。

任凱盯著封的眼睛好一會兒，最後才搖搖頭。

「學長，你好奇怪。」封笑了起來，自在而輕鬆。

任凱瞇起眼睛，他的心裡莫名萌生一個念頭，她不是流星，而是彗星，帶來毀滅的災星。

晚風帶著濃郁的甜香，並且任凱還在風裡嗅到了一股強烈的血腥味。他伸出手，似乎穿過了一層雲霧才碰觸到封，而風中的氣味與內心的異樣感覺，都在碰觸到封的瞬間煙消雲散。

「學長，你眞的怪怪的，而且這次居然主動摸我的肩膀，還沒有臉紅耶。」封烏黑的眼珠轉了轉。

「妳不害怕了？」

封搖頭，「剛剛那陣風吹在身上很舒服，我忽然覺得什麼也不害怕了，而且事

情也都解決了嘛！」

「嗯。」任凱應聲，往前方走去。

「等等我啦，學長！」封加快腳步跟上。

他們後腳才離開後花園，另一雙浮腫泛青的腳便倏然出現。

一雙藍色的眼睛瞪著封的背影，虎視眈眈。

「接近他的女人……都該死！」

任凱猛然感受到一股刺入骨髓的恨意，連忙轉過頭，但什麼也沒看見。

「學長，又有東西了嗎？」見任凱表情有異，封立刻又挨到任凱身邊，順道抓住他的手。

「妳不是不怕了？」任凱甩開。

「我、我現在又怕了啊。」封嘟著嘴巴。「學長還不是又臉紅了。」

「回家了啦。」任凱不耐地道，目光往一年級教室的走廊方向看去。

伴隨著眼窩的小小刺痛，任凱瞧見那黃眼睛的女鬼攀附在天花板的日光燈後，滿臉沉醉地撫摸著脖子上的琥珀色琉璃項鍊。

而三年級教室的外牆那裡還有一個鬼魂站在牆頭，居高臨下地盯著他們兩個看。

那是綺夢學姊，她宛如空殼一般，用不帶感情的空洞雙眼凝視著他們。

「學長，你不要用那種眼神望著沒有人的地方啦。」封扯了扯任凱的衣角。

任凱瞇眼仔細一看，發現綺夢學姊的雙眼是紫色的。

「妳……有沒有撿到紫色的琉璃？」

「學長，我眞的沒有亂撿其他東西，請你相信我。」封咬著下唇，一副可憐的模樣。

聽她這麼說，任凱也只能相信，但他實在不明白爲什麼綺夢學姊的眼睛在死後會變成紫色。

此時，萬伯哼著歌的聲音傳來，他正從操場另一邊的小倉庫走出來。因爲還有段距離，加上他們所處的地方光線較暗，萬伯大概還沒發現他們。

「快走吧！」任凱催促。

封加快腳步跟上，兩人來到圍牆邊，一樣由任凱當墊背，封順利地攀上牆頭，任凱先輕輕一躍落地，才伸手接住隨後跳下的封。

當他們準備離去時，萬伯的歌聲就在一牆之隔響起。

「好險。」封鬆了一口氣，小聲說著：「我肚子餓了。」

任凱給了她一個白眼。他雖然常翻牆進學校，卻是第一次在晚上做這種事，而且還是爲了把琉璃還給鬼這種鳥原因。

牆的另一邊隱約傳來挖土的聲音。

「萬伯幹麼挖土？」封小聲問。

「埋屍體吧。」任凱隨便答了一句，轉身就往大馬路的方向走去。

「學長！等一下啦！」封用氣音喊著，盡可能放輕腳步追上任凱。

她脖子上那條有著紫色墜飾的項鍊，在黑夜中閃閃發光。

第六章

有雙黃色的眼睛在暗處盯著她瞧。

跟那琥珀色的琉璃一樣。

「我已經還給妳了。」封說，但她的聲音彷彿被眞空阻隔，完全無法傳遞出去。

這裡沒有光、沒有聲音，只有那雙琥珀色的眼睛。

對方像是蹲在地上——應該說是躺著更加貼切。一片黑暗，封只能在心中猜測對方的動作，也許是呈大字形躺在地面上，仰頭看著她。

但是那姿勢怎麼想都很不舒服，這樣脖子不痠嗎？

忽然，那雙眼睛在黑暗中轉了一百八十度，然後緩緩上移，像是在地上扭了一圈再站起來。

「學長！救命啊！」封哭喊著向任凱求救，但周遭一片漆黑，什麼也沒有，更不會有人伸出援手。

那雙眼睛的主人站在原處，紋絲不動，可是她的左邊又慢慢浮現出另一雙水藍色的眼睛。

封頓時想起，那雙眼睛就是在保健室攻擊自己的阿飄！水藍色眼睛裡盈滿了強烈的殺意，那雙眼睛突然消失，再次出現時，與封之間的距離更近了。

心中警鈴大作，封往後退去，那雙藍眼又一次消失，接著瞬間再度出現在她的眼前。

「哇！」她大叫一聲，立刻拔腿就往反方向跑，隨即撞上另一個女人。

對方的臉色十分慘白，緊皺的眉頭透露出擔憂。

「救命啊！」封朝著她喊，卻發現對方的身體異常冰冷，仔細一瞧，她的眼神雖然清明，但眼珠的顏色十分混濁，瞳孔明顯放大。

只有死人才會瞳孔放大。

媽啊！封在心中慘叫，她簡直就像被逼到角落的小壁虎，無處可逃，卻沒辦法像壁虎那樣斷尾求生。

「任凱學長，學長啊啊啊啊！」結果她所能想到的辦法就只有呼喊任凱的名字。

就在封瀕臨崩潰的時候，眼前面色慘白的女鬼舉起右手指向某個方向。

封順著看過去，發現那裡有具棺材。

不會是準備給她用的吧？

這恐怖的念頭從腦中一閃而過，但她仔細一看才發現那並不是棺材，而是一個等身大的鐵箱。

「救命……」相當微小、虛弱的呼救聲從劇烈晃動的鐵箱內傳出。

封還沒會意過來，鐵箱子已經被黑暗吞噬，水藍色的凶狠雙眼倏然出現。

「去死——」

封尖叫著，試圖用雙手擋住藍眼女鬼的逼近，眼角餘光瞥見那面色慘白的女鬼流著眼淚，嘴型像是在說：「救她——」

封從床上跳了起來，冷汗直流，這個夢未免也太眞實了。

床頭櫃上的鬧鐘顯示爲凌晨四點，窗外的天空呈現一片迷濛的美麗紫色。她走出房間，來到廚房，倒了杯水一飲而盡。

明明把琉璃還回去了，爲什麼會做這種夢呢？

從廚房旁邊的陽臺望出去，可以看見樓下的巷子。封的家位於一棟老舊公寓的四樓，同時也是頂樓，沒有電梯。因爲沒有管理員，有時候樓梯間的燈泡壞掉了，也不會立即更換，住戶得摸黑下樓。不過封從小在這長大，所以即便是走在一片黑暗裡，她也不會感到害怕。

封走到陽臺上往外看去，發現巷口停了一台黑色的加長禮車。

那好像就是她前幾天看見的那台車，禮車的後座窗戶半開，隱約可以見到有個女人坐在裡頭。

封謎眼細看，女人像是察覺了她的目光，嘴角輕輕勾起一抹微笑，關上了車窗，車子很快發動離去，消失在轉角。

這可眞是奇怪。封疑惑地歪著頭，卻沒有多想，轉身進到屋內。

她回到房間，鑽進被窩裡，腦中又浮現剛剛的夢境。

也不知道是不是心理作用，她總覺得有人站在房間角落盯著她看，但房間裡怎麼可能有別人？可是那視線太眞實了，彷彿穿過棉被直接刺在她的肌膚上。

越是這樣想，封越是不敢拉下棉被確認，就這樣在床上折騰了好幾個小時，直到媽媽掀開她的棉被時，已經中午了。

「不要以爲今天是禮拜六就可以睡這麼晚。」一家人圍坐在餐桌旁，封媽一面嘮叨一面將飯添到封的碗中。

「睡不好？」戴著黑框眼鏡的封爸從報紙後探出頭，指著封的黑眼圈問。

「只是太晚睡了啦，昨天不知道跑去哪玩，九點多才回家。」封還沒開口，封媽馬上搶著回答。「不是叫妳要早點回來嗎？」

「才不是去玩啦，我是去辦正事！」封解釋。

「妳是能有什麼正事？身體不舒服都是假的，想出去玩才是眞的！」

「齁！真的啦！媽！」

「什麼正事？而且我好像看見有男生送妳回來。」封媽斜眼一瞄，封的心跳頓時漏了半拍。

昨晚的確是在她千求萬求的情況下，任凱才百般不情願地陪她回家。什麼校園風雲人物帥哥學長，根本就是自大、驕傲又不懂憐香惜玉的大男人！

不過被女孩子碰一下就會臉紅，這個反差還滿可愛的。想到這裡，封忍不住偷笑。

「男朋友？」封爸挑眉。

「才不是呢，誰要那種驕傲又傲嬌的男朋友！」封氣呼呼地挖了一大口白飯送進嘴巴。「而且我才不是出去玩。爸、媽，我想要去拜拜。」

這句話讓封爸封媽手上的動作停下來。

「我覺得最近怪怪的，那個叫什麼……卡到陰？」封又吃了一口飯，明知道父母不信神，但她還是想拜拜求個心安。

「妳遇到什麼事情了嗎？」封媽的表情突然變得嚴肅。

「就……有點不舒服啦，不過現在都好了。」見到他們的反應，封有些後悔說出口了。

因爲她的父母不信神，卻很相信世間有鬼。

這實在很矛盾，一般人都是信神不信鬼，但父母恰恰相反，排斥所有關於神明的信仰，反而深信鬼怪之說。

「昨晚風很大。」沒來由的，封爸冒出這麼一句。

「有嗎？」封仔細回想，回來的路上的確起了一陣大風，有些詭異，讓她以為又是阿飄搞的鬼，於是不小心朝任凱學長貼近了一些，他立刻又滿臉通紅，還口出惡言，眞是難搞。

封媽望了封爸一眼，若有所思，接著夾了一大塊魚放到封的碗裡。

「我不要這個啦，都是刺！」封癟著嘴將魚放回盤子，絲毫沒注意到父母怪異的神情。

吃完午餐，封媽洗完碗盤後，封爸居然換上一身西裝，兩人準備出門。

「你們要去哪裡？為什麼要打扮得這麼正式？是要去吃喜酒嗎？」封好奇地問。

「我們有事情，晚餐妳自己解決。」兩人沒有正面回答，只是隨口敷衍，神色有些匆忙。

「別去廟裡。」出門前，封媽特別這樣叮嚀，還非得等到封的回答不可。

「好啦！」封不太情願地答應，滿心不解。

封無聊得發慌，由於不想在空無一人的家中胡思亂想，所以她起身換了套衣服，決定出去溜達。

走到巷口時，封刻意張望了一下，並沒有看見那台黑頭車。她從這個位置抬頭仰望自己家的陽臺，發現其實頗有段距離，很難看清楚上面有沒有人。清晨看到的那個女人怎麼會知道自己站在陽臺上看她呢？

該不會那個女人也是阿飄吧？

光是這樣一想，封就不由得打了個冷顫。

爲了驅散這種討厭的感覺，她決定去附近那間咖啡廳坐坐，那裡的氛圍讓人覺得很舒服，而且她也想再見見可愛的服務生小虎。

「歡迎光臨……嗨，妳今天也來了啊。」正待在櫃檯的小虎露出親切的笑容，虎牙若隱若現。

「你好。」封沒想到對方會記得自己，不禁竊喜。她看著年紀應該是大學生的小虎，覺得他眞的長得好可愛。

而且很溫柔，跟某個囟巴巴的學長完全不一樣。

「這邊請。」小虎拿起菜單，帶著封往角落走去。

封好奇地東張西望，今天明明是假日，咖啡廳的客人卻沒有昨天多。

「這邊附近有學校，顧客以學生或是偷懶的上班族爲主，所以才會出現假日客人反而比平日少這種奇怪的現象。」小虎彷彿看出了她心裡的疑問。

「原來是這樣。」封說完，點了好幾塊蛋糕和一杯伯爵奶茶。

「妳還是喜歡吃甜食呀。」小虎笑著說。

「也不完全是啦，我食量比較大一些，哈哈。」封不好意思地笑道，吐吐舌頭，並沒有意識到小虎的用詞似乎有些微妙，彷彿早就知道這件事。她的食量比一般女孩子大很多，體重卻能維持在標準偏瘦，這一點讓李佳惠又嫉妒又羨慕。

「嗯，因爲需要補充能量，我了解。」小虎一點也不在意，反而露出完全能理解的樣子。他記下菜單後微微笑了笑，轉身回到櫃檯裡準備餐點。

封看著小虎離去的背影，深吸一口氣，發現所有的不安和恐懼都消失了，這間咖啡廳果然能夠令她心安。而且，小虎剛剛的那抹微笑，給她一種很熟悉的感覺。

她拿出手機，打算問問任凱對那個夢有什麼看法，卻發現忘了問他的號碼。

依照任凱學長所說，應該歸還琉璃就會沒事了才對。

那個夢要傳達給她的訊息是什麼？臉色慘白的女鬼想表達什麼？救她？救誰？

封隨意地在餐巾紙上面畫下張著血盆大口的藍眼女鬼，又畫上喉嚨流血的琥珀色眼睛女鬼，還有一個臉色慘白、眼珠子混濁的女鬼，最後再添上一個鐵箱子，並在一旁標記各個女鬼的眼睛顏色。

「這是什麼？」小虎的聲音忽然響起，封嚇了一大跳，手上的筆差點脫手飛出去。

「抱歉，我不是故意要嚇妳的。」小虎將熱伯爵奶茶還有好幾塊蛋糕放到桌上，另外還送上一個全白的陶瓷杯子，裡頭裝著茶色液體，散發出一股清新的茶香。

「咦？這是？」

「我看妳身上有些穢氣，把這個喝了，整個人會舒服很多。」

穢氣？這是在說她看起來很髒嗎？

小虎站在那裡，像是等著她喝下那杯不知名的飲料，於是封扯扯嘴角露出微笑，輕啜一口。

液體入喉甘甜，她大感意外，立刻一口喝光。

「好好喝！」封將陶瓷杯子放回桌面，感覺五臟六腑都溫暖了起來，有種奇異的舒適感。

「好多了吧？」

封點點頭，小虎逕自坐到她對面的座位。

「咦？」

「沒關係，不忙的時候可以坐下來和客人聊天。」小虎再次回答了封沒說出口的疑惑。

「這樣啊……剛剛那個好好喝喔，是什麼飲料呀？」封好奇地問，打算下次要點那種飲料。

「那是我特調的，算是家傳祕方吧。」小虎神祕地笑了笑，指著他剛才爲封送上的伯爵奶茶，問：「我可以喝一點嗎？」

「當然可以。」封將奶茶推到小虎面前。

「謝謝。」小虎自然地接過，然後不知道從哪裡變出來一個杯子，上頭有著精緻的龍紋雕刻，杯身青綠，比玉的色澤還要深。

當小虎往杯裡倒入伯爵奶茶時，杯身上的龍紋似乎起了小小的變化。

封的目光從杯子上移開，發現小虎正盯著自己的額頭看。

「怎麼了？」她摸摸額頭。

小虎只是瞇眼微笑，指了指封在餐巾紙上畫的那幾個女鬼，「妳畫的這些是什麼？可以跟我說說嗎？」

「這……講出來也許你會覺得我瘋了。」

「妳不說說看，怎麼知道我不會相信？」

也許是因爲小虎的笑容十分眞誠，封一開口就停不下來，把所有疑問及恐懼都傾倒而出。

將事情的來龍去脈一口氣說完後，封喝了一大口奶茶潤喉。

小虎在傾聽的過程中，臉上一直掛著笑容，現在則是歪著頭思考。他指著藍眼女鬼的畫像，說：「她很危險，要遠離。」

「我根本從來沒有主動接近過她！」封抗議道。

小虎只是笑吟吟地將手指移到有琥珀色眼睛的女鬼身上，「她呢，只是沒發現自己死了，然後執著於取回自己的東西。」

「可是我已經把琉璃還給她了。」

「所以她沒有威脅性。」小虎又指向慘白女鬼，「而她嘛……是一個關鍵喔。」

「關鍵？」

「妳覺得被關在鐵箱子裡的人是誰？」小虎問。

「我夢見自己躺在裡面耶……她們不會是要把我帶走吧？」但無冤無仇的，不至於這樣對她吧。

「如果是要把妳帶走，她就不會說『救她』，而是會說『快逃』才對。」小虎充滿笑意的眼神裡竟彷彿帶著些冰冷。「而且她們不敢。」

「鬼還有不敢做的事情喔……」封咕噥著，「你相信我說的這些事情嗎？」

「世界無奇不有，什麼事情都可能發生。」小虎嘴角掛著淺笑，「妳不會有生命危險，但小心爲上。」

說完，他便拿著自己的杯子離開座位。封還想多問些什麼，小虎卻忽然轉過來說：「封，在這件事情結束以前，妳都應該要跟著任凱，他暫時能保護妳。」

「我介紹過自己的名字了嗎？」封不禁疑惑。

「我就是知道。」小虎又露出那種能讓人融化的溫柔笑容，轉身走回櫃檯。

封的腦袋嗡嗡作響，爲什麼感覺小虎好像知道很多事情？

回到櫃檯的小虎將那有著龍紋的杯子往身後一放，杯子便離奇地消失，像是從來沒出現過。

一大清早，任凱就從一個奇怪的夢境中驚醒過來。

他夢見一個廢墟，那裡到處都是煙塵飄散，哭聲四起。

仔細一看，那其實是一整片的斷垣殘壁。

沾滿鮮血的手或是覆滿白灰的腳，從那些散落的水泥塊與斷裂的鋼筋縫隙間露出。

有些人好不容易從殘骸中掙扎爬出，全身血流如注，見到眼前的慘況紛紛放聲尖叫哭喊，而有些人則是呆呆站在原地，似乎還無法接受現實。

這裡是個煉獄，充滿絕望。

畫面忽然暗下，一片漆黑之中，只有一個長型鐵箱，而封躺在裡頭，慘白的面龐上一點血色都沒有，緊閉雙眼，雙手交疊。

任凱嚇了一跳，立刻搖晃著封的肩膀，想要喚醒她，可是封全身就像沒了骨頭似的癱軟無力，毫無反應。

忽然，封張開眼睛，她的眼珠顏色已經不是原本的黑色，一會兒是藍色、一會兒是黃色，一會兒又變成紫色。

任凱縮手往後退，封坐起身來，雙手扣在自己喉間，拚命想發出聲音，卻只有黑色的血不斷從指縫間湧出。

女鬼小白倏然出現在他身邊，手指著鐵箱子呼喊：「救她——」

任凱醒來的時候，時間不過凌晨四點多，外面的天空還是將明未明的紫色，可是他已經嚇得不敢再躺回去睡了。

他明白事情根本沒有解決，不然怎麼會又夢到這些？

救她？到底是要救誰？

他不認爲是要救那隻花栗鼠，鐵箱裡躺著的人雖然有著封的外表，但其實並不是她。

雖然這麼想，任凱還是不免憂心忡忡，他拿起手機想問一下封的狀況，才想起根本沒有她的號碼。

他來到洗手間梳洗，面對鏡子刷牙時，隱約瞥見後頭有白影晃過。任凱嘆了口氣，先是裝作沒看見，直到小白的臉幾乎要貼上鏡子時，才無奈地轉過身。

「拜託講清楚一點，只說救她，我根本不知道要救誰。」任凱抹了把臉，話中盡是無奈。

小白的瞳孔放得極大，眼神卻十分清明。她皺著眉頭，將臉頰兩邊的頭髮勾至耳後，示意任凱看她耳朵上的漂亮耳環。

任凱微微皺眉，給他看耳環是什麼意思？難道是要他買副耳環燒給她？

仔細一看，耳環上有顆珠子，珠子似乎帶著點淡淡的白色混濁，不是完全透明，這顏色……不就跟小白的眼睛差不多嗎？

黃色眼睛的女鬼想要回琥珀色琉璃，而眼前有著濁白眼珠的小白，耳朵上戴著的是濁白的耳環，八九不離十那顆珠子也是琉璃。

所以很可能如同他所猜測的，藍色眼睛的女鬼也有顆藍色琉璃。

如果眞是如此，那這些纏著封的女鬼就有了共通點，她們都各自擁有顏色不同的琉璃飾品。

這下子，綺夢學姊和這些事件的關聯性也呼之欲出了，那轉變成紫色的雙眼，便是綺夢學姊身上也有紫色琉璃的證明。

但封說她沒撿過藍色琉璃，身上也沒有紫色的東西，那藍眼女鬼到底爲什麼要糾纏她？綺夢學姊又爲何徘徊不去？

「封的身上還有其他琉璃嗎？」任凱問，而小白點點頭。

眞是！那隻花栗鼠怎麼那麼愛亂撿東西！

「救她，指的是救封嗎？」任凱又追問。

這次小白搖頭，嘴巴微微張開，「救她——」

說完這句話，小白的身影緩緩消失。

「不是說了，別只說救她……」任凱一陣無力，他搞不懂爲什麼小白都已經現身提醒了，卻又不肯說清楚講明白。

事情亂成了一團，任凱覺得不能等到禮拜一再解決，便決定今天一定要找到封。

他拿起手機撥號，也不管可能會擾人清夢。直到撥了第二次，電話那頭的人才不甘願地接起。

「大哥，還不到五點耶，你是欠扁嗎？」阿谷抱怨著，聲音含糊不清，明顯還沒睡醒。

「喂，你有沒有昨天那個學妹的電話？」任凱一邊說話一邊拿起安全帽，躡手躡腳地打開大門，深怕吵醒家中母的老虎任馨。

「哪個學妹……那麼多學妹。」講著講著，阿谷好像要睡著了。

「你撞到的那個。」任凱壓低聲音，輕輕關上鐵門。

「我怎麼可能有啊……咦？一大清早的就要找學妹，你是怎麼回事啊？」嗅到八卦的味道，阿谷稍微清醒了一些。

「半小時後網咖見。」不給阿谷拒絕的機會，任凱說完後馬上掛掉電話，戴上安全帽發動機車，往朱小妹的網咖去。

路上人車不多，只見幾個沿著馬路邊慢跑的老人揮汗如雨，送報生和送羊奶員則是辛勤地把報紙、羊奶投入信箱。

任凱其實也可以到封的住家樓下等人，昨天才送過她回家，任凱還記得位置，但他實在等不及，打算先找到電話直接把封叫出來。

騎到轉彎處時，後座突然一沉，任凱翻了個白眼，一瞄後照鏡，發現小白默默地坐在後頭。

「要搭便車可以，但到了目的地，妳就要馬上下去。」任凱沒好氣地說，他是因爲感受到小白並無惡意才勉強接受的。

大約過了十分鐘，任凱停在一個紅綠燈前時，感覺到後座一輕，他下意識地抬頭，只捕捉到小白消失的背影。

他往前看去，那裡有一棟大廈，外牆是漂亮的粉米色，目測約十來層，一層有兩戶，看起來是高級住宅。難道是小白生前的住處？

後頭的車子按了喇叭，任凱再度回頭望了一眼，便催動油門。

網咖裡頭不分白天黑夜都一樣熱鬧，只有習慣這種吵鬧環境的朱小妹才有辦法坐在櫃檯裡打瞌睡。

任凱進到網咖後，四處看了看，沒瞧見阿谷的身影。他逕自坐到一旁空著的電腦前，習慣性地移動了下滑鼠，意外發現電腦沒關。

嘖嘖，這個朱小妹也太粗心了吧，在櫃檯打瞌睡還不關，是開放大家進來玩免錢的電腦嗎？

與其便宜了路人甲，不如他自己來玩。任凱勾起嘴角一笑。

「奇怪？」任凱發現，螢幕上的畫面居然停在學校討論區中的不可思議版。

任凱不相信這世上有巧合，凡事都是必然。

他的眼角餘光瞥見座位邊似乎有個白影，心裡有數，大概是小白又跟過來了。

這時，阿谷大聲嚷嚷著從大門口進來。

「搞屁啊！電話都不接，丟了一句話就要我來，我是你的僕人啊？」一大清早就被吵醒，阿谷一肚子火，但生氣歸生氣，他還是乖乖出現了。

他的大嗓門讓朱小妹的魂從周公那裡飛了回來，原本撐著頭的手滑開，讓她的鼻子直接跟桌面來了個親密接觸。

「好痛！喂……你們兩個什麼時候來的啊？」朱小妹揉著鼻子，眼角還泛著淚光。

「妳也睡得太誇張了，連電腦開著都不知道。」任凱指了指桌上的電腦。

「什麼？你們要用那一台嗎？那我幫你們打開。」朱小妹疑惑地道，阿谷也走過來。

「妳是睡昏頭了嗎？電腦不是本來就開著？」任凱一邊揶揄一邊轉過頭，卻發現螢幕一片漆黑。

「你才睡昏頭了吧。」朱小妹翻了個白眼，轉而對阿谷說：「你們兩個怎麼這麼早過來？昨天夜遊喔？」

「沒有，誰知道他發什麼神經，一大早就把我叫過來，只爲了要一個學妹的電話。」阿谷搔著頭，老大不爽。

「學妹？我們的阿凱大少爺跟學妹搞上了？」朱小妹驚呼。

「什麼搞上，難聽死了！」任凱將目光從漆黑的螢幕轉移到朱小妹身上，卻看見櫃檯邊站著一個蒼白纖瘦的男人，也就是之前在這裡暴斃死亡的那個客人。

任凱撇過頭假裝沒看見，拉著阿谷到他習慣的角落處座位。

「到底找我來幹麼啦？」阿谷打了個大哈欠，他昨天晚上熬夜打電動，這樣一大清早就被叫來，根本沒睡飽。

「幫我找學妹的電話。」任凱指著電腦，不等阿谷反應，便逕自打開另一台電腦，進入學校的討論區。

「我不是說沒有她的電話嗎？你是聽不懂人話喔！」阿谷懶洋洋地說。

「我知道你沒有，但學校的檔案裡面會有。」任凱意有所指地看了下螢幕，再看向阿谷。

阿谷馬上會意，頓時精神都來了，「你打算付我多少錢？」

「我們都什麼交情了，還計較這個。」任凱討價還價。

「你還敢說，昨天的蛋糕和飲料錢吐出來！」阿谷貓了他一拳。

「好啦，事成之後再一起算好嗎？」有求於人，任凱毫不閃躲地受了那一拳。

阿谷滿意地笑，扭扭脖子，伸展了一下手臂，瞬間表情像是換了個人，嚴肅而專注。他從包裡拿出一個硬碟，接上電腦後，不知道按了些什麼，螢幕便忽然變成黑色，上面出現一堆密密麻麻看似亂碼的文字。阿谷雙手熟練地敲擊鍵盤，速度之快，任凱無論目睹過幾次都無法習慣。

平常阿谷都是一副吊兒郎當、混吃等死的模樣，只有少數人知道，他是個駭客高手。

至於他爲什麼會有如此高超的駭客技術，任凱從沒過問，那是個人隱私。他們的友情維持著一種微妙的平衡，彼此都不清楚對方的所有底細，卻絕對眞誠。

在阿谷侵入學校電腦的同時，任凱找出剛剛小白展示給他看的那個網頁。那是一篇時間已經有些久遠的討論，標題寫著「聲如啼血」。點進去一看，發文者是一個他從沒見過的帳號，搜尋該帳號的發文記錄後，任凱發現這是對方發的第一篇文，看起來就是分身帳號。

任凱仔細讀著內文。

學校頂樓除了水塔、陳年灰塵，以及洗刷不掉的雨垢外，是不是還有其他我們所不知道的東西？

我不只一次聽到頂樓傳來如杜鵑啼血般淒厲的喊叫，那聲音讓我心裡發慌。她不是在喊救命，她是在呼喚鮮血，我不知道她們爲什麼找上我，爲什麼對我有這麼強烈的殺意。

她要我的血。

任凱皺眉，這文章要表達的是什麼意思？

滾動滑鼠往下瀏覽，下面的回應大多都是說發文者想太多，頂樓正常得很；也有人說他每天都會去頂樓，從沒聽見過什麼不尋常的聲音。

但既然小白特地讓他看這一頁，一定有她的用意，一定有別人看不懂而他該懂的地方。

應該是說，頂樓一定有問題。也許他該上去看看？

學校的頂樓他去過幾次，除了生鏽的欄杆、骯髒的地板以外，就只有幾個大水塔。

任凱突然注意到，這篇文章內所用的「她」都是女字旁，又提到了「她們」，表示對象爲複數，該不會正是跟纏著封的那些女鬼有關？

樹叢裡頭的小白、日光燈上的黃眼女鬼，還有那個藍眼的凶殘女鬼，現在又多一個水塔？

還是說，藍眼女鬼就是從水塔來的？

「好了！」阿谷敲下最後一個鍵，出聲打斷任凱的思緒。

「找到了嗎？」

「找是找到了……」阿谷指著螢幕，「我眞不知道小瘋子是怎樣，一般人眞的會在資料卡上寫上自己的手機嗎？」

入學時，校方都會要求學生填寫資料卡，其中有一欄要填寫手機號碼，但大多數的學生都不會填入正確號碼，也有人直接跳過不寫，謊稱沒有手機。

但封就跟任凱想的一樣老實，果然有乖乖寫上自己的號碼。

任凱自己都沒發現，他的臉上為此掛著笑容。

「你笑啥？很噁欸。」阿谷吐槽，卸下駭客的身分後，他又恢復那副痞子樣。

「我哪有笑。」任凱反駁，拿出手機快速撥通封的電話。

「你有這麼急嗎？現在才七點欸，今天是禮拜六，她八成還在睡覺吧！」阿谷說完，又打了個大哈欠。

「你們要不要喝果汁？我特調的喔。」朱小妹端著兩杯墨綠色的詭異液體過來，任凱瞄了一眼，敬謝不敏，而阿谷正好口渴，拿過杯子就灌下。

「哇靠！」不出任凱所料，液體才沾到嘴邊，阿谷便吐了出來，「這什麼殺人武器啊！」

「什麼殺人武器！這是西瓜汁！」朱小妹很不高興。

「小姐，妳居然能弄出綠色的西瓜汁？」阿谷將杯子放得遠遠的，暗自發誓再也不隨便喝朱小妹端來的飲料。

「你不懂啦！任凱，你喝喝看。」朱小妹把魔爪伸向任凱，可惜沒能如願以償，任凱馬上拿著手機往一邊逃。

「喂！別逃！」朱小妹想攔截，任凱俐落地閃過。

電話那頭傳來機械式的女聲，說著「用戶已關機」。任凱嘖了聲，想著該去哪裡找封，難不成眞的要殺去她家嗎？

不過比起這個，剛才那篇文章更讓他在意，因此任凱決定先到學校的頂樓察看，有什麼線索再跟封聯絡。

「阿谷，去學校一趟。」

「假日還去什麼學校啊，你是有多愛上課？」阿谷還在跟朱小妹彼此推著那杯詭異的墨綠西瓜汁，完全不肯再喝下任何一口。

「任凱，快點，我也有準備你的，快喝！」朱小妹拿著玻璃杯，努力地想把裡面的液體倒到阿谷嘴裡，死命抵抗的阿谷把頭撇到另一邊，兩人陷入拉鋸戰。

「我才不要喝那種連妳自己都不敢喝的東西。」任凱白了她一眼就往外走。

「好哇！妳自己不敢喝還強迫我們喝，超難喝好嗎！」阿谷終於找到機會掙脫朱小妹的手，趕緊跳起來跟著任凱離開。

「你們兩個！我是爲你們好欸！」朱小妹叉腰站在門口，看著兩人騎車離去的背影大喊。網咖裡的客人即便聽到這麼大的動靜也絲毫不爲所動，看都沒看過來，繼續沉浸在網路世界裡。

兩台機車在道路上奔馳，若是在平日，這時候路上早已湧入上班車潮，但今天是假日，所以車流大約只有平常的三分之一不到。

而且一路上完全沒有遇到紅燈，號誌每次都剛好在兩人快抵達路口時轉爲綠燈，讓他們騎到學校只花了不到十五分鐘。

任凱和阿谷將機車停在校門口邊的停車格，躲到一旁看著正在警衛室裡看報的萬伯。

「你要進去學校幹麼？」阿谷問。

「上去水塔看看。」

「那跟萬伯說我們有東西掉在頂樓吧，找藉口直接進去比較快。」雖然阿谷露出一臉覺得麻煩的表情，但還是很有義氣地提出建議。

「不，我想這件事情越少人知道越好。」任凱思索了一下，決定還是用老方法。

兩人來到校門邊的圍牆外，準備翻牆進去。

「最好你去頂樓看的是大樂透明牌，一個禮拜上學五天都嫌太多了，禮拜六居然還要來學校。」阿谷邊碎碎念邊將手放在沒有碎玻璃的地方，熟練地翻過身，順利落在泥土地上，連緊貼牆壁的樹叢葉子都沒擦到。

「你別再抱怨了。」任凱說完也翻過牆頭。

一踩到地上的泥土，任凱便發覺有些不對勁。

土壤的觸感變得鬆軟，可是昨天晚上並沒有下過雨，怎麼地面會從硬變軟？就好像有人翻過土一樣。

他猛然想起昨夜離開學校時，聽見了挖土的聲音。他原本以為萬伯只是在整理樹叢，但這片泥地上並沒有種植任何植物。

「走了啦，不是要去頂樓？萬伯好像來了。」阿谷用手肘頂了他一下，任凱也正好聽見萬伯拖著腳走過來的聲音，兩人立刻藏到一旁的樹叢中。

「奇怪了……明明聽到有聲音，是錯覺嗎？」來到樹叢附近的萬伯左右張望，抓著頭盯著地上的泥土，過了好一會兒，才轉身回到警衛室。

確定萬伯已經走遠後，兩人才放輕腳步往B樓梯走去。

「哇靠，這還滿刺激的耶，沒想到除了盧老頭以外，還得躲著萬伯。」阿谷不知道在興奮什麼。

「別白痴了。」任凱翻了個白眼，兩人說話間來到了頂樓。

和他記憶中的一樣，頂樓只有生鏽的欄杆和洗不去的陳年髒污，靜靜矗立的水塔傳出馬達抽水的聲響。

「看起來啥都沒有。」阿谷原地轉了兩圈。

「應該在水塔附近。」

架高式水塔總共有三個，其中兩個很大，將近三公尺高，旁邊有梯子可以爬上去；另一個比較小，不過也比任凱還要高，裡面裝的水少說有一噸。

「你要找什麼？」

「我也不知道，你有聽到什麼聲音嗎？」

「只有馬達的聲音，水塔抽水不是都有這樣的聲音嗎？」

任凱想著那篇文章說的，如杜鵑啼血般淒厲的喊叫，是女人的尖叫聲。他的腦中閃過藍眼女鬼全身浮腫的模樣，就像泡過水似的。

他瞄了一眼水塔，心想：不會吧……

「幹麼？不會是有東西掉在水塔裡面吧？」阿谷順著他的視線看過去。

「你找找看這附近有沒有琉璃。」

「琉璃？」

「有點像玻璃的玩意，有看到就叫我過去，你不要自己動手去撿。」任凱一邊叮嚀，一邊爬上大水塔的梯子。

「你說別撿我就不會碰。馬的，我瞬間不想知道你想幹麼了，有什麼怪事都別告訴我。」

他谷宇非可以爲朋友兩肋插刀，但天不怕地不怕的他，就怕科學無法解釋的靈異現象。

兩人分工合作，阿谷在水塔附近實行地毯式搜索，任凱則登上水塔一探究竟。

來到水塔頂端，任凱稍微遲疑了下，還是拉開了水塔上的蓋子。蓋子並不算太沉，但以一個女人的力氣絕對拉不起來。

水塔裡很暗，即便掀開蓋子也透不進多少光，任凱目測了一下，只要不是太壯的人，其實都應該可以輕易被塞進水塔裡。如果眞如他所料，藍眼女鬼是在水塔裡淹死的，那她的靈魂一定會在此逗留。

拿出手機，開啓手電筒功能往水塔裡一照，除了滿滿的水以外，什麼也沒有。水塔裡頭比他想像中乾淨許多，沒有任何異常。

他爬下水塔，準備搜尋下一個水塔，這時瞥見阿谷幾乎是整個人趴在地上找尋琉璃，如此認眞的模樣讓任凱莫名有些感動。

他準備爬上第二個水塔，手才剛接觸到梯子邊緣，馬上感受到一陣陰冷。

任凱神色一沉，八九不離十，應該就是這個水塔了。

隨著一步一步踏上梯子，那股陰冷越來越強烈，從手指前端慢慢傳至全身，像是骨牌效應一般，惡寒不斷蔓延。

好不容易到達頂端，任凱嚥了下口水，壓抑住想逃跑的念頭，咬著牙，硬是拉開了蓋子。

一陣更爲冰冷的寒意襲來，說不出來的怪異感瞬間萌生，彷彿打開潘朵拉的寶盒般，所有恐怖的東西全數竄出。

「阿凱！我好像找到了，是這個嗎？」阿谷興奮的聲音從下方傳來，但任凱被眼前所見攫住了目光，連回應阿谷的心思都沒有。

一個溼淋淋的女人頭顱漂浮在水塔裡，鼻子以下的部分浸在水中，藍色雙眼帶著強烈恨意盯著任凱，長髮則在水中散開，幾乎布滿了水面。

你別多管閒事——

這句話直接傳入任凱腦中，他忍著眼窩的強烈劇痛，瞇著眼睛喊：「妳到底要什麼？」

「啊？我沒有要什麼啊。」站在底下的阿谷以爲任凱是在和他說話，疑惑地回答。

我要她死——

她那尖銳的聲音在水塔內迴盪，使水塔莫名震動起來，如杜鵑啼血般的淒厲尖叫，這就是那篇文章所說的「聲如啼血」。

「是怎樣？阿凱，你做了什麼了嗎？」阿谷往後退一大步，瞪大眼睛看著莫名其妙劇烈震動的巨大水塔。

「先離開這裡！」任凱直接從梯子上跳下來，著地的瞬間覺得自己的腳彷彿要斷了。「發什麼呆，快跑！」

他經過阿谷身邊時喊了一聲，阿谷才回過神來，趕緊跟著邁開腳步，「靠杯喔！別跟我說那是什麼靈異現象，馬的！」

「馬的就是啦，你不要回頭！」任凱大喊。

他叫阿谷別回頭，自己卻回頭了，只見藍眼女鬼的頭已經探出水塔外，依然持續發出讓人快要發瘋的尖叫聲。

我要她死！我要她死！所有人都不能接近他，所有人都不行！他是我的——

水塔像是遭遇到強烈地震般不斷晃動，雖然阿谷看不見鬼，也聽不見鬼的聲音，但是光是這現象就足夠讓他嚇個半死。他一邊逃，一邊將所有知道的神明全念過一遍。

「耶穌、阿拉、觀世音菩薩啊！」

「白痴，念神的名字有什麼用，應該要念咒文之類的吧！」任凱忍不住吐槽。

兩人拚命跑著，一點也不敢放慢速度，直到抵達一樓的樹叢處才停下來喘氣。

「靠、靠杯喔……剛剛那、那三小啦，阿凱你是惹到啥？」上氣不接下氣的阿谷一手摀著胸口，另一手靠著圍牆。

「我還眞他媽的不知道！」任凱沒好氣地說，那個女鬼根本不分青紅皀白就胡亂發飆。依舊氣喘吁吁的阿谷聽了，忍不住翻了個白眼。

「對了，你找到琉璃了？」任凱突然想起。

「對，差點忘了。是這個嗎？」阿谷攤開手掌，手心躺著一顆圓滾滾的藍色琉璃。

「不是叫你別碰嗎？」任凱差點沒昏倒，照他的推測，只要碰到琉璃就有可能會被女鬼纏上。

「我本來沒想碰的啊，可是你突然大喊要我快跑，我反射性就把它撿起來握在手裡了。不會因爲我摸了這東西就從此帶衰吧？」阿谷膽顫心驚。

任凱又仔細看了看，發現那根本不是琉璃，只是一顆藍色彈珠。

「還好不是，把它丟掉吧，這不是我要找的。」

「除了這東西，那邊就沒有你說的什麼藍色琉璃了。」阿谷隨手將彈珠往一旁丟去。

「確定？」

「看得很仔細了。」阿谷聳聳肩。

忽然之間，任凱感覺到一道視線，冰冷、陰沉，但不像藍眼女鬼那樣具有強烈的殺意。他轉頭一看，在旁邊的樹叢裡發現一顆腦袋。

「萬伯……」任凱無力地說，大概是精神太緊繃了，剛剛才會產生萬伯的視線不懷好意的錯覺。

萬伯嘿嘿笑著從樹叢裡走出來，「你們兩個今天怎麼會來學校？」

兩人對看一眼，不知道方才的對話萬伯聽到了多少。

「忘了把東西帶回家，所以才會過來。萬伯，你又在偷懶喔？」任凱隨口編了一個理由，將話題轉回萬伯身上。

「噓。」萬伯伸出食指示意他別說出去，「我要回警衛室了。」

萬伯的目光有意無意地打量著任凱腳下的泥土地。

「萬伯，我有個問題想問你。」任凱開口，「學校頂樓的水塔發生過什麼意外嗎？」

聞言，萬伯立刻瞪大眼睛。

萬伯的反應印證了任凱心中所想，他乘勢追擊，「萬伯，你在學校工作這麼久，一定知道很多事情吧？」

「萬伯不知道……什麼都不知道。」萬伯畏畏縮縮地低下頭。

「我們不會說出去的，這是我們之間的祕密。」任凱循循善誘，希望能套出些什麼。

阿谷的目光在萬伯和任凱之間來回打量，憑著任凱的所作所爲，以及水塔的靈異現象來判斷……媽啊！不會是以前水塔裡面淹死過人吧？

天啊！這也太可怕了吧！

「老師說不能說……校長說不能說……」萬伯眼神飄忽，額頭上的冷汗不斷滑落，拖著腳步就想要走。

阿谷立刻眼明手快地擋住萬伯的去路，不讓他離開。

「萬伯，既然不能說，那你只要點頭或搖頭就好。」任凱勾起一個不懷好意的笑容。

那笑容相當陰冷，任凱偶爾會露出這樣的表情，總會讓看到的人不寒而慄。

阿谷用力嚥了下口水，雖然他平常總是跟任凱打打鬧鬧的，但這種時候他可完全不敢違逆他的意思。他猜想，也許連任凱都不知道自己有這種如同鬼魅的可怕表情吧。

「水塔裡死過人是嗎？」

顯然第一個問題就讓萬伯不知道該怎麼回答，他猶豫許久，艱難地點了點頭。

阿谷在心裡罵了聲髒話。

任凱沉下臉，果然如他所料。「是個女學生？」

萬伯又點頭。

「多久以前？有沒有五年？」

萬伯還是點頭。

「意外？」任凱停頓了一下，那個女鬼怨氣如此之深，應該不會是意外，於是改口，「他殺？」

這一次經過很長時間的沉默，萬伯都沒有反應。

「萬伯？」阿谷試探性地喚了聲。

「萬伯不會說，不會回答，什麼都不知道。」出乎兩人意料之外，萬伯不再像平時那樣唯唯諾諾，取而代之的是罕見的堅定態度。

他望著任凱，眼神清明得像是正常人一樣。

任凱怔了怔，皺眉看著萬伯，「你是清醒的嗎？」

萬伯沒說話，他冷然地看了任凱一陣子，才又換回憨笑的模樣，拖著腳步往警衛室走去。阿谷原想伸手攔阻，任凱卻搖搖頭。

望著萬伯走遠的背影，任凱覺得，事情似乎超乎他的想像。

而萬伯似乎也不真的傻。

第七章

附近那間咖啡廳的環境實在是太舒服了，坐在咖啡廳裡，封感到情緒非常平靜，配合著輕柔的鋼琴配樂，讓她完全不敵睡魔，眼皮逐漸闔上。

封昏昏沉沉地睡去，這一次她睡得十分香甜，完全沒有噩夢侵擾。在一片白茫茫之中，封似乎看見有一隻巨大的生物背對著她，雖然不知道那是什麼，她卻不感到害怕。

而且，不知是不是錯覺，她覺得有個男孩正在撫摸自己的頭，很溫柔，帶給她一種強烈的安全感，就跟任凱所帶來的一樣，但那個男孩不是任凱。不知爲何，她就是能如此肯定。

那男孩哼著特別的曲調，十分好聽，封還聞到一股帶著青草以及竹葉氣息的味道。

她想抬頭看清那男孩是誰，但只是陷入更深的睡夢裡。

任凱及阿谷站在原地，目送萬伯離開的背影，一時無法決定下一步該怎麼做。

「阿凱，現在怎麼辦？」

「先找到那個學妹再說。」想了想，任凱的手搭上圍牆，頓了一會兒又道：「妳也一起來吧。」

「當然沒問題。」阿谷說完，率先翻牆而過。

任凱嘆了口氣，其實最後一句話他是對躲在樹叢後面的女鬼小白說的，不過沒必要特別說出來嚇阿谷。

坐上機車，任凱明顯感覺到後座一沉，想來是小白上了車。

「還是我們直接去她家？現在也差不多該起床了吧。」阿谷戴上安全帽。

任凱正在思索這麼做的可行性，小白淡淡的聲音便傳入腦海。

「咖啡廳。」

「我們去附近那間咖啡廳吧。」說完，任凱催動油門，也不理會阿谷是不是已經發動了機車。

咻咻風聲從耳邊強力掠過，良久，任凱開口問：「是他殺吧？」

小白沒有回應。

「我當作妳是默認了。」任凱提高車速，「是同一個兇手吧？」

小白依然沒回話。

「算了，我想十之八九沒錯，那隻花栗鼠身上一定有什麼東西將妳們全部喚醒，當務之急就是先找到她。」

小白仍舊沒出聲，不過任凱可以感覺到，氣氛有了一點小小變化。

阿谷大約闖了兩個紅燈才追上任凱，一脫下安全帽，他便劈頭罵道：「阿凱，你是載到鬼喔？一路上飆得跟什麼一樣。」

任凱強忍著告訴他答對了的衝動，就怕阿谷嚇得屁滾尿流。

假日的咖啡廳裡客人並不多，這裡一如往常的非常「乾淨」。小白站在門外，就是不進去。

「妳進不來？」

小白點頭，伸手指向咖啡廳某處。

「什麼東西進不來？」阿谷臉色慘白，「花惹發，別再跟我說有……」

任凱沒回答，逕自往小白指的方向走去。

轉了一個彎，他便看見封坐在一張沙發上睡覺，而小虎坐在對面摸著她的頭髮。

「你來啦。」小虎根本沒有回頭。

「小瘋子睡得很沉啊，你怎麼知道她在這？」阿谷看著睡到幾乎要滴下口水的封，想起剛剛遇見的靈異事件就一肚子悶氣。

「那就交給你們了。需要喝點什麼嗎？」

看著小虎臉上的笑容，任凱不禁瞇起眼睛。這個服務生眞的很古怪，但是哪裡古怪，卻又說不上來。

「我們今天主打巧克力草莓慕斯，要試試看嗎？」

一聽到關鍵字，任凱眼神一變。

「就來個一份……不，兩份吧，順便來杯冰紅茶跟伯爵奶茶，阿凱就喝個檸檬汁中和一下甜味吧。」相當了解任凱的阿谷直接幫他點了餐，然後一屁股坐到封的旁邊，動作之大讓封頓時驚醒過來。

「我不是喜歡甜食，只是比較愛吃蛋糕而已。」任凱也坐到對面的沙發上。

「馬上送過來。」小虎微笑，轉身離開。

任凱打量著小虎的背影，想確認他身上有沒有什麼髒東西跟著，但卻什麼都沒有——乾淨得異常。

睡眼惺忪的封揉揉眼睛，看清楚前方的人後，她完全清醒過來，「哇！學長！太好了，我正想找你呢！我跟你說……」

「你們是怎樣，這麼急著想見面喔？」阿谷故意說。

「我看事情還沒解決。」任凱忽略阿谷的調侃，馬上切入重點。

「我就知道！」封像是洩了氣的皮球，整個人癱在桌子上。

「怎麼說？」

封如實說出自己昨晚的夢境，包括那奇怪的鐵箱子，還有自己躺在裡面的場景，以及慘白女鬼說的那句「救她」。

聽完之後，阿谷的臉色蒼白得跟鬼有得比，他在心裡暗罵，早知道就點熱紅茶了，現在覺得渾身發冷啊！

「所以小白也對妳說了一樣的話……」任凱自言自語。

「小白？學長，你還幫阿飄取名字啊？」

「取了名字就會有感情，要是她跟著你不放怎麼辦？」阿谷大驚小怪地說，還試圖離任凱遠些。

「你少白目。喂，花栗鼠，我猜事情可能是這樣，有一個連續殺人犯先後殺掉了黃眼女、小白、藍眼女三人，死亡時間與遇害地點暫時還無法得知……」

「小白會不會就是死在那個樹叢，而黃眼女是在天花板吊死之類的？」封拍了下手。

「根據她們徘徊之處來推測死亡地點並不見得準確，這些先不談。總之，因爲妳自找麻煩，在保健室後面的花圃撿了琥珀色琉璃，所以黃眼女鬼才會找上妳。既然已經把琉璃還給她，她的事情應該就解決了。」

「那爲什麼我還會夢到她？」封想起那個夢就直打冷顫。

「先聽我說。藍眼女鬼一直執著於妳，妳卻說沒有撿到其他東西，可是小白告訴我妳身上還有其他琉璃，是這樣嗎？」

「沒有啊。」封怎麼想都想不出這是怎麼一回事，光是撿了一顆琥珀色琉璃就讓她嚇得半死了，哪裡還有膽子去碰其他琉璃啊。

「阿谷，那你有什麼看法？」

「我覺得你不應該跟我形容鬼的長相。」阿谷幾乎翻白眼。

封忍不住大笑出聲，任凱無奈地要阿谷正經一點。

「我想兇手應該是男生。」阿谷說。

封還來不及問爲什麼，小虎便端著飲料過來，他一面把餐點依序放上桌，一面說：「連續殺人的定義是三個或三個以上的個別事件，分別發生在三個或是三個以上的個別地點，並且每件命案的發生時間有間隔一段冷靜期。兇手享受殺人的過程，並且在事後不斷回味，等到回憶已經不能帶來新的刺激後，便會找尋下一個目標。根據統計，連續殺人犯有百分之九十是男性。」

封和阿谷都張大了嘴，而任凱更是驚訝。

「這是你們點的餐點，全部到齊了。」小虎笑著對任凱說：「剛剛封跟我稍微提過這些事，我才會多嘴。你們慢慢聊，有需要再按服務鈴。」

「妳到底跟他講了些什麼？」斜眼看著走回櫃檯煮咖啡的小虎，任凱內心有種怪異感。

「就剛剛那些夢啊。對了，他說什麼藍眼女很危險，不要接近她，還說我必須待在你身邊才行。」封照實轉述。

「爲啥？」任凱挑眉問道。

「他說你暫時能保護我。」封無辜地眨著大眼睛。

「這話大有問題啊！」阿谷馬上從驚嚇中回過神。

但任凱更搞不懂了，爲什麼會用「暫時」這兩個字？

他吃下一大口巧克力草莓慕斯，再次看向櫃檯，發現小虎掛著微笑，視線也落在他身上。

他下意識地瞪著小虎，但對方並不怎麼在意，繼續將咖啡泡好，並端給客人。

阿谷有一搭沒一搭地把剛剛學校裡發生的事情說了一遍，封聽得一愣一愣，想到水塔裡面曾經有過屍體就感覺噁心。她忍不住回想自己到底有沒有用過學校的飲水機，不過就算沒喝過飲水機的水，也一定在學校洗過手啊……

「既然兇手是男性，而死的都是女性，然後藍眼女鬼又說過一句『所有人都不己的推測。

能接近他』，那行凶原因一定是跟感情有關。」封將那些不快的念頭驅散，說出自

「小瘋子，妳不瘋嘛！」阿谷用力搓揉了下封的捲髮。

「沒錯，所以快點吃完，我們要再去一次網咖。」

「爲什麼要去網咖？」封問道，但沒人回答。

三人吃完東西便離開咖啡廳，小虎站在門口對他們揮手，微笑說著「歡迎再次光臨」。騎車離開前，任凱透過後照鏡又看了小虎一眼，發現小虎身邊的空氣流動有些奇怪，像是有什麼透明的東西環繞著他。

「怎麼了？」坐在後座的封疑惑地問。

「妳不覺得……算了，問妳也是白搭。」

「你都還沒問呢！」封抗議。

「妳眞的很麻煩，我到底爲什麼會跟妳扯上關係啊？還有，等等妳千萬不要碰到我，知道嗎？」任凱口氣很差。

封癟著嘴，對於任凱的態度感到非常不滿，所以她故意抓住任凱的腰，任凱的身體立即一縮，回頭狠狠瞪了封一眼，果不其然又是滿臉通紅。礙於正在騎車，任凱無法制止封的行爲，只能任她抓著。

三人兩車一鬼（當然，小白是坐在阿谷的後座，不過任凱絕對不會告訴阿谷）

來到網咖，此時已經是下午三點。

「你們怎麼又來了？」朱小妹的目光移到封身上，打量了幾眼。嘖嘖，這兩個人去哪騙來一個清純小妹妹啊？「不會是網友吧？」

「少在那邊腦補，是被任凱甩掉的學妹啦。」阿谷信口回答。

「什麼東西，我才沒有被甩！」

封斜眼瞪著任凱，都是他當初隨便亂說話，害得她被貼上「被甩」的標籤。

任凱不理會封，只是跟朱小妹要了個包廂，眼角餘光再次瞥見那個暴斃死亡的年輕男子站在角落。看樣子，他已經成為這邊的地縛靈了。

「欸，我們這邊不能做任何違法的事情，小妹妹，妳是自願的嗎？還是被騙過來的？」朱小妹擔憂地看著封。

「小妹妹？」封張大嘴，任凱忍不住笑了出來。

「朱小妹，她高一，年紀比妳大。但嚴格說起來，妳或許還比她成熟。」

「別叫我全名！可惡！」朱小妹不高興地走回櫃檯，操作系統開啓電腦，「老位子啦！」

「另外，我們還沒吃午餐，來三碗泡麵吧。」

「你剛剛不是吃過蛋糕了嗎？」阿谷十分驚訝。

「可以幫我在麵裡多加一包科學麵嗎？」封趕緊提出要求。

「哇，妳很能吃嘛！我最欣賞能吃的女孩子了。對了，要不要再來三杯現打果汁？」朱小妹眼睛一亮。

「不需要！」阿谷和任凱立刻異口同聲回答。

「哼！」朱小妹嘟嘴。

一旁的封搞不清楚他們爲什麼要拒絕，她好想喝新鮮現打的果汁啊……

週六下午的公園裡，有許多帶著孩子出來遊玩的年輕父母，也有祖孫檔，遊客人數不少，但僅止於遊樂器材區附近。

公園左側有一條充滿綠蔭的人行步道，再往前走會看到一片池塘，池塘裡有烏龜及鯉魚，幾個大人正帶著孩子餵魚。

若是往池塘右邊的樹林走去，就眞的是人煙稀少之處了。那裡的老樹樹齡將近百年，密密麻麻的樹枝交錯遮住陽光，幾乎沒有人會刻意過去。偏偏這時，有個女孩的目的地正是那片樹林。

在前往樹林之前，女孩在公園外來回踱步了好一陣子，她在猶豫。但這不是她一直以來的希望嗎？

她多希望他能看她一眼，哪怕只有短短的瞬間。

最後，女孩還是踏出了第一步。

那個她朝思暮想的男人就站在約定好的地點，她的鞋子踩在枯樹枝上發出聲響，男人聞聲轉過頭，那深邃的眼睛、堅挺的鼻梁、好看的嘴唇，組合成了一張讓她魂牽夢縈的臉。

「是妳寫的？」男人問，手上拿著一個粉紅色信封。

「是，你……你記得我嗎？」女孩的聲音因興奮而微微顫抖。

男人的臉上沒有什麼表情。

女孩垂下眼簾，拉開自己腰間的衣帶，她之所以穿著大衣是爲了遮掩身上的制服。

男人臉色一沉，「找我來這裡有什麼事？」

「如同信上所寫，我知道你極力想隱瞞的祕密。」女孩咬著下唇，雖然語帶威脅，但她只是希望能藉此接近這個男人。

「什麼祕密？」

「紫色琉璃的主人。」女孩平靜地說。

男人的神情出現變化，有些震驚、惱怒，接著很快轉爲陰沉。

女孩驚覺，她是不是搞錯了什麼？又或者男人是不是誤會了什麼？

爲什麼男人會帶著強烈的殺意望著她呢？

男人再次揚起笑容，卻沒有讓她像以往一樣產生心動的感覺，只有一股強烈的恐懼油然升起。

三個人一起待在狹小的包廂裡，封突然覺得有些彆扭。

左邊是兩天前她還完全不認識的任凱學長，全校最受歡迎的男生。

右邊是任凱的死黨，同樣人氣很高的阿谷學長。

這兩個學長幾乎是全校女孩夢寐以求的對象，她也曾經偷偷遠望過，沒想到如今卻因爲靈異事件，讓三個人聚在一個小小的包廂裡。

「看屁喔，小瘋子。」阿谷嘴裡塞滿泡麵，含糊不清地開口，不忘附送一個白眼。

「還是妳還沒吃飽？花栗鼠平常都吃什麼？果子？」任凱講完，忍不住哈哈大笑，阿谷也跟著狂笑。

「其實我眞的還有點餓……」封老實承認，另外兩人卻當她在說笑。

早早吃完泡麵的封無所事事，只能隨便瀏覽著網頁，直到兩個學長心滿意足地喝下最後一口湯後，她都還搞不清楚到底爲什麼要來這裡。

「我大概猜得到你要我做什麼。」阿谷活動手指，瞥了一眼封。

任凱明白阿谷在顧慮什麼，「我想她不會說出去。」

「她大概也看不懂吧。」阿谷輕蔑地笑道，手上飛快動作起來，電腦畫面隨即轉成黑色。

雖然封並不聰明，但好歹也看過不少電影跟電視劇，她馬上明白這是怎麼回事。

「天啊，學長，你們這是在……」

「花栗鼠，妳乖乖看著就好，小孩子有眼無嘴。」

「我才不會說……」

她訝異地看著阿谷，他盯著充滿密密麻麻英數字的螢幕，像是變成了另一個人，眼神專注而狂熱。

大約過了五分鐘後，螢幕畫面轉爲正常，跳出學校的資料庫頁面。

「搞定，要找什麼你自己看。」阿谷打了個響指，喝起放在旁邊的冰紅茶。

「謝啦！」任凱拍拍阿谷的肩膀，兩人便要交換位子，卻因爲封擋在中間而難以順利移動。

「小瘋子，讓開啦！」阿谷嘖了聲。

「我、我有什麼辦法，這裡空間就這麼小啊！」封委屈地抗議，阿谷根本就是故意要推她的頭。

「話說做這種事情不是該用自己的電腦嗎？電視上都這樣演，拿台筆電什麼的。」忍受著阿谷的推擠，封仍不忘問道。

「問這麼多幹什麼？反正妳又不會懂。」阿谷不打算解釋。

任凱的視線快速在螢幕上的學生資料中搜尋，打算先在已畢業的學生裡找尋有無怪異之處。

那三個女鬼都穿著制服，又在學校流連，可見有很大的機率是在校時慘遭殺害，所以首先該找的是失蹤人口，或是沒有畢業後出路資料記載的學生。

由於完全無法鎖定確切目標，在如此龐大的資料庫中根本無從篩選起，他只能大海撈針，一筆一筆資料慢慢看過去。

任凱瞄了旁邊的小白一眼，希望她能多少給點提示，但小白只是面無表情地盯著螢幕。

阿谷和封正一來一往地打鬧鬥嘴，忽然，封叫了一聲，像是想到什麼似的，轉過身面對任凱。

「學長，我想那個小白學姊應該是三十八屆以前的學生喔。」

這句話讓任凱大為驚訝，也轉過頭看她，「為什麼？」

「我們現在的制服百褶裙是深紅色格紋，但是在三十八屆以前是粉紅色的喔，另外兩個學姊穿的就也都是深紅色格紋裙了，所以無法更進一步地判斷。」封非常喜歡設計可愛的制服，所以曾仔細研究過許多間學校的制服，就算只是驚鴻一瞥，她也能看出不同之處。

聞言，任凱立刻再度看向一旁的小白，她身上的百褶裙果然是粉紅色格紋。

「妳還有點用處啊，花栗鼠。」任凱稱讚的話聽起來很不客氣，但封絲毫不以爲意，有些得意地笑了起來。

「等等，不對啊。」任凱仔細一想，「我收回剛剛的話，妳一點忙也沒幫上，我還不是得從第一屆開始慢慢找。」他冷冷地橫了封一眼。

「哈哈哈哈！」阿谷大笑。「阿凱，你還是應該依靠我。」

阿谷不知道什麼時候又用另一台電腦入侵了學校的資料庫，頁面停在學校的平面圖上。

「這什麼東西？」任凱上半身靠過去。

此刻被夾在中間的封就像是夾心餅乾一樣，這一幕如果被李佳惠看見，又不知道會嫉妒成什麼樣子了。

「我們學校在一九九六年時曾經擴建過，當年應該是第三十屆，而擴建後的範圍才有涵蓋現在的保健室後花園，和我們翻牆進學校後會看到的那片樹叢。根據你所說的，小白如果是死在那片樹叢裡，那她就一定是三十屆以後的學生。」

「阿谷，有你的！」這下範圍一下子少了三十年，「你幫忙篩選第三十屆到第三十八屆的學生，我從三十九屆後開始過濾。」

「那我要做什麼？」封也想要幫點忙。

「妳安靜就好。」兩人再度異口同聲，封不服氣地嘟嘴。

經過一個小時的努力，他們發現了幾個中途就不知去向，也沒有轉學記錄的女學生，還有幾個是畢業後便失去聯絡的。

這樣的女學生加起來居然也有幾十個，將懷孕生子、輟學以及出國的排除掉之後，他們還是只能逐一打開檔案查看。

每筆資料中都有每位學生入學時的照片，大多數人選用的都是國中畢業照。因爲看過那幾個女鬼的只有任凱和封，所以認人的工作由他們兩個負責，暫時沒事的阿谷則在一旁打著哈欠玩手機。

「等等，第三十五屆這個女生……」

「這一個嗎？黎筱雨？」封將游標停在一個相貌清秀的女孩照片上，她的模樣讓她感覺很眼熟，「咦？是那個小白嗎？」

任凱轉頭想要問小白，但小白不知道何時消失了。

「看樣子是了。」

資料上寫著，黎筱雨是第三十五屆的學生，成績中上，家境單純，卻在十七歲那年離奇失蹤，直到現在依然下落不明。

「把資料列印出來。」任凱指揮阿谷幫忙。既然能找到第一個，那另外兩個一定也可以順利找到，任凱充滿信心。

果然，沒多久兩人就在第三十九屆的學生裡找到黃眼女鬼，她的眼睛其實是褐色，長得相當漂亮，那時候雖然還有髮禁，她的頭髮卻留得很長。

米蘭達，歸國華僑，樂觀開朗，人緣頗佳，某天放學說要和男朋友去約會，從此音訊全無。因米蘭達曾不只一次跟友人提過想與男友長相廝守，所以最後以失蹤結案。

「感覺調查得好草率，她說不定就是被男朋友殺了。」封看著螢幕上的漂亮女孩，這是十年前的事情，如果她現在還活著都二十七歲了。

「答案是肯定的吧，真可惜啊，這麼漂亮的女人。」阿谷在一旁感嘆著。

「她就在走廊上的日光燈後面，你想看看嗎？」任凱壞心地問。

「喔！不、不了，我一點也不想看！」阿谷連忙搖頭，深怕任凱真的拖著他去看。

這份資料一樣被列印出來放在旁邊，兩人繼續尋找最後一個女孩，也就是散發強烈殺意的藍眼女鬼。

皇天不負苦心人，或者該歸功於學校將資料建立得很完整，總之，他們最終在第四十三屆的學生裡發現了她。

方雅君，成績不是很好，但其他方面表現亮眼。她在高一暑假人間蒸發，直到開學前兩個禮拜清洗水塔時，才被發現死在裡頭。

三個女生死亡的年紀，都是十七歲。

「四十三屆，哇塞，那才六年前的事情，我以後再也不用學校的水了！」得知屍體在水塔裡頭泡了好一段時間，封就一陣毛骨悚然，就算水塔徹底消毒過，她也不敢再使用學校的水了。

「放心啦，同年水塔就換新了，妳看。」阿谷螢幕上的頁面跳到學校歷年來更換設備的明細表，上面載明著二〇〇九年底曾經換過水塔。

「那就好……」封拍拍胸口，餘悸猶存，「可是既然死在水塔裡面，那爲什麼我沒有看過這則新聞的印象？而且學校的討論區上也沒有出現過類似的傳聞。」

「即使是處於民主社會，有很多事情還是有可能被刻意壓下來。」任凱一副見怪不怪的樣子。

「看萬伯的態度就知道這件事被壓下來了，這個檔案被加過密，許多老師也不知情吧。」阿谷看著螢幕，「你們看，上面寫發現者就是萬伯。」

「不過既然換過水塔，那爲什麼方雅君還會在水塔裡出沒？」封又問。

「這……也許是因爲老地方比較能讓她放鬆吧？」阿谷隨便回答，他哪會知道女鬼在想啥。

封盯著照片裡的美豔少女，她的眼珠烏黑，深幽如潭，與那名眼睛如海水般冰冷的女鬼搭不起來。

「人死後，什麼情感都不會有。人類之所以身爲人類，是因爲我們有七情六欲，並且可以透過表情和動作傳達，但鬼的心中只會剩下生前最強烈的執著，不會有其他情感。」任凱按下列印，淡淡說著。

「學長，你眞的這麼想嗎？人死後，眞的連一點情感都不會剩下？」

阿谷也裝作不經意地斜眼看過來。

「這和我怎麼想沒有關係，本來就是事實。」任凱別過頭。

「我不那麼想，學長，就算很微小，但我認爲他們還是有情感的。」封咬著下唇，「否則，爲什麼方雅君想要殺我、黎筱雨想要幫我們，而米蘭達只想拿回琉璃？」

「她們的行爲無法解釋。」任凱搖頭。

「那就代表她們是憑感覺在行事，她們是有感情的！」封肯定地說。

「那又怎麼樣？就是因爲有感情才會殺人、有感情才會在死後還得不到安寧，依然在世間漫無目的地徘徊！」任凱幾乎是暴吼出這一連串的話，嚇得封瞪大眼睛。

「阿凱，你沒事吧？」阿谷坐直身子。

任凱回過神，看著被嚇壞的封和擔憂的阿谷，包廂裡出現了幾分鐘的沉默。忽然，任凱想起另一件事情。

「討論區上說水塔裡有異狀的那篇文章……」任凱登入學校的討論區，點開早上看見的那篇〈聲如啼血〉。

「這是妳寫的嗎？」任凱問封。

「當然不是，哪有可能。」封光是看著那段文字就渾身起雞皮疙瘩。

「那段文字說的一定就是方雅君，看樣子發文者八成和這件事情有牽連，不然方雅君不會纏上發文者。」任凱看著阿谷，「所以，查一下。」

「馬的，你知不知道，要我入侵這麼多次資料庫，行情該是多少？」阿谷嘴上抱怨，卻還是立即入侵存放討論區註冊資料的地方。

「學長，你覺得兇手現在還在我們學校嗎？」

「各起命案發生的時間相隔很久，而且死者都是我們學校的學生，所以加害者應該和學校有關。」任凱思索著，「我大膽假設，兇手是教職員。」

「你是說老師？」封不敢相信。

「這麼長的時間裡都在學校犯案，或許不一定是老師，但一定是待在學校很多年的人。」任凱說著，再次打開阿谷入侵的頁面，點進教職員的履歷裡。

「我猜你是想找在學校待超過十年的教職員吧？」封得意地抬起下巴。

「不然勒？妳是白痴嗎？爲這種隨便都能推測出來的結論高興什麼。」見原本志得意滿的封頓時垮了臉，任凱忍不住抽動嘴角。

「靠夭，阿凱！」阿谷突然發出驚呼，「我找到了！」

「發文者是誰？」

「是綺夢學姊！」阿谷的臉色一片慘白。

第八章

男人哼著輕快的曲調，在廚房慢條斯理地切著等等要下鍋的蔬菜，瓦斯爐上的鍋子裡放了滷包，正散發出令人食指大動的濃郁香氣。

將火關小，男人拿起銀製湯匙盛了湯放到嘴邊，吹涼後喝下，露出滿意的表情。

突然，男人笑了起來，他發現自己搞錯燉肉的順序了，肉應該先經過翻炒後，再丟入鍋內與滷包一同燉煮，這樣才會入味。

他將蔬菜泡進水裡，把爐火關掉，拿起紙巾將手掌擦乾，從另一邊的小櫃子取出一包東西。

他小心翼翼地將以泛黃布料包著的那包東西抱在懷裡，放到地上攤開，裡面有許多形狀不同的銀製刀具，以及一些奇怪的工具。

他拿起其中一把發亮的匕首在燈光下檢視，刀身反射了燈光，映在男人的眼裡，他的雙眼裡有著無限的狂喜。

哼著小曲，男人來到臥房內，打開衣櫥，裡頭吊掛著許多剪裁精緻的襯衫，他將襯衫撥往一邊，顯露出一扇隱密的小門。

當初買下這間屋子時，這裡原本是浴室，但出於個人的「興趣」，他硬是在浴室門前加裝了衣櫃。

打開那道門，只見地上有個裸著身體的女孩，她嘴上黏了膠帶，手臂被反綁在背後，雙腳也從膝蓋以下被綑綁住。女孩的神情驚恐，眼裡不斷流出淚水。

「要吃點什麼嗎？我準備了燉肉，但肉還沒放下去。」男人手持銀色匕首，在女孩的大腿上來回比劃。

「嗚、嗚！」女孩發狂地搖頭。

「妳啊……有些事情放在心底不就好了？爲什麼想要用來威脅我呢？妳想從我這裡得到什麼？」男人的匕首緩緩移到了她平坦的小腹上。

「黎筱雨？米蘭達？方雅君？妳跟她們是什麼關係？」男人臉上帶著不解的神情。

女孩壓根沒聽過那幾個名字，她只知道顏綺夢，也只是想藉由顏綺夢的事情來威脅他，好得到與他進一步接觸的機會，爲什麼事情會朝完全無法預料的方向發展？

「還有顏綺夢對吧？妳認識她嗎？她跟妳說了些什麼嗎？」男人的匕首移到了女孩胸前，在兩團山丘上游移。

「嗚……嗯！」女孩搖頭求饒，男人講的話她沒有一句聽得懂。

「妳想去陪她嗎?」男人問。

女孩還來不及搖頭,男人已經搧了她兩個耳光,她眼冒金星,感覺到劇烈的疼痛,嘴裡湧現了血腥味。

男人隨即將雙手壓在她的脖子上,令她呼吸困難。

「賤女人,妳們這些女人永遠別想威脅我!」男人早已不是平常溫文儒雅的模樣,不僅雙眼血紅,額頭還暴出青筋。

他跨坐在女孩的身上,只要再那麼用力一下,女孩的脖子就會被硬生生折斷。

女孩雙眼翻白,鼻涕、唾液、淚水全混在一起,就在她即將昏死過去時,男人倏然鬆開手,跌坐到一旁哈哈大笑。

「眞是醜死人了,那模樣,哈哈哈哈!」男人瘋狂大笑,一把撕開女孩嘴上的膠帶。

她劇烈咳嗽,吐出的唾液都染滿腥紅,手被壓在身後讓她十分難受,纏住她的麻繩在肌膚上摩擦出血痕。

「差點忘了辦正事,我是進來拿肉的。」男人此話一出,女孩馬上察覺大事不妙。

「不要!不要!我什麼都不知道……我……」

「妳以爲我會相信妳眞的什麼都不知道嗎?」男人無情地打斷女孩的話,「要是都不知道，怎麼會在信上寫妳都知道了？」

「我只知道顏綺夢的事情，你提到的另外三個人我不清楚，我以爲……」女孩急忙辯解，男人再次用膠帶封住她的嘴。

「知道顏綺夢的事情也就夠了。」說完，男人隔著膠帶在女孩的嘴上狂吻。

女孩曾幻想過無數次被這個男人親吻，但絕對不是在這樣的場景、這樣的情況下。

男人拿起匕首，從女孩白嫩的大腿上割下一片片帶著鮮血的肉片——

「綺夢學姊？」任凱不敢相信自己所聽見的話，但他馬上想起在學校看見的綺夢學姊鬼魂。

「綺夢學姊是誰啊？」封歪著頭問。

「妳居然不知道校花？」阿谷大感不可思議，翻找起手機裡的照片，「這就是綺夢學姊。」

封看著螢幕上的照片，是阿谷和一個漂亮女孩的合照。她有著一頭蓬鬆的大波浪捲髮，一邊的頭髮勾到耳後，臉上有著完美且柔和的笑容，像一面平靜的湖泊。

阿谷就站在一旁，照片裡頭的他依然不正經，連拍照都搞怪地吐著舌頭，紅色頭髮在陽光下看起來很是耀眼。

「不可能啦！你追不到的，學姊那麼漂亮！」封忍不住對女孩的美貌發出驚歎。

「干妳屁事。」阿谷沒好氣地想收起手機，封卻一把搶過。「原來這是你暗戀的對象！」

「小瘋子，妳給我拿來！而且說什麼暗戀……」阿谷想搶回手機，封伸長了手左躲右閃。

「一定是暗戀啊！這麼美的女生怎麼可能看得上你！」封抬起下巴。

「拜託，我是誰啊？當然要漂亮的女生才配得上我……喂喂，妳害我說了些什麼！」阿谷摀住嘴巴，另一手教訓似的捶了封的腦袋一下。

「阿谷你好糟糕喔！怎麼可以只看外表啊！」封既意外又憤慨，任凱倒是不以爲意，他本來就猜到阿谷喜歡綺夢學姊的原因多半就是如此。

「你們兩個夠了！閉嘴。」任凱搶過封手上的手機。

「學長，你也覺得阿谷很過分對不對？」封連忙爭取任凱的認同。

「這是男人的本性！而且妳叫我什麼？沒大沒小的啊小瘋子！」阿谷插話。

「我才不要叫你這種人學長！」封哼了聲，阿谷立刻朝封揮了揮拳頭。

「救、救命啊！學長！」封朝任凱伸出雙手。

任凱將手機塞進封伸出的手裡，不想碰觸到她，無意間瞥見螢幕上綺夢學姊的照片。

他並不是第一次看到綺夢學姊，卻被這張照片上的綺夢吸引了注意力。不是因爲綺夢的外貌有什麼不一樣，而是因爲他瞥見了她耳朵上的紫色耳環。

他立刻搶回手機，放大照片一看，耳環上的確鑲著紫色的琉璃。

封和阿谷都察覺了任凱的不對勁，停下打鬧的動作。

「怎麼了？」

「你們看這個。」

他把手機遞到兩人眼前，指著耳環說：「果然綺夢學姊也是整起事件相關的一環，當初我發現她的眼睛變成紫色的時候，還不太確定，但現在證明了她也擁有琉璃。」

「你是要說，綺夢學姊也和那些女鬼有關聯？」阿谷驚慌地說著。

「什麼關聯？」封一時接不上。

「綺夢學姊是下一個目標。」或許……已經是上一個目標了。

這句話讓封倒抽一口氣，也讓阿谷的臉色一下子白了。

「這、這怎麼可能啊！」阿谷喊著。

「等等……我想起來了，在夢中，當我躺在鐵箱子裡時，手上拿著的就是一顆紫色琉璃！」

聽了封的話，任凱直接站起來跑出包廂，阿谷和封愣了兩秒，也趕緊起身追上。

朱小妹在櫃檯哼著歌清洗碗盤，突然看見任凱招呼也沒打就往外跑去。

「什麼啊！眞沒禮貌！」朱小妹咕噥著，馬上又看見緊追在任凱身後的封。

「我們先走啦！對了，我叫做封！」封一邊跑一邊不忘自我介紹。朱小妹非常滿意，心想果然是個好女孩，會打招呼也會主動自我介紹。

不過當她看見阿谷也跟在後頭，只「唷」了一聲就想往外跑時，立刻衝出櫃檯攔截，張開雙手喊著：「喂！都跑光了我找誰要錢去？付錢！」

阿谷瞪大眼睛，有沒有搞錯？又來了！

任凱火速戴上安全帽，轉動機車鑰匙，正準備發動時卻感到後座一沉，他頓時氣惱地說：「小白！爲什麼妳不老實說出一切？繞了這麼多圈，如果來不及怎麼辦？」

「什麼來不及？」封疑惑地問。

「是妳？妳怎麼跳上來了？」任凱一呆，轉頭看向封，神情有幾分錯愕。

「你之前載過小白？那她都沒說些什麼嗎？」封將安全帽扣緊。

「現在沒時間解釋。」任凱催動油門。

「哇！」突然的暴衝讓封的身子往後一仰，她連忙抓住任凱的腰，適應速度後又問：「學長，什麼東西來不及了？」

「妳問題眞的很多。」任凱嘖了一聲。「還有，不要碰我！」

「現在不是害羞的時候了，快點說清楚事情經過！」封拉扯著他腰間的衣服。

明明兩人都站在同一陣線了，她無法理解任凱爲什麼還要隱瞞。

任凱並不是不願說清楚，而是根本懶得開口。怎麼封這個站在第一線的人卻完全不懂得融會貫通？

「我推測，被害人都認識同一個男人，而那個男人分別殺了她們。她們還有一個共通點，就是身上都擁有琉璃，只是顏色不同。剛好綺夢學姊也有一副紫色琉璃耳環，她又失蹤了兩天，所以……」

「等等，失蹤兩天也不代表什麼啊！」封打斷任凱的話。

「妳先閉嘴！」

被任凱一凶，封只好乖乖閉上嘴巴。

「我曾經在學校看過綺夢學姊的鬼魂。」

「什麼！」封忍不住驚呼。

「叫妳閉嘴！」任凱焦慮地喊。

「那就代表她死掉了啊！所以我們要去找屍體嗎？在哪裡？」封絲毫不理會任凱的警告，依舊大聲嚷嚷。

「拜託妳先閉嘴，聽我說完。」任凱簡直快要腦溢血了。

「好啦好啦，那你說快一點啊！」封抱怨。

「原本我也希望綺夢學姊只是發生了什麼意外，沒想到她和這些事情有關……」

「可是，如果你看見了綺夢學姊的鬼魂，那為什麼沒有告訴阿谷？」封又下意識插嘴。

「我不說了。」

「啊！別這樣啦，學長，我發誓再也不會插嘴了！」封再次扯著任凱的衣服哀求。

「妳這次最好眞的閉上嘴巴，然後，不要碰我。」隔著安全帽的面罩，封仍可以清楚瞧見轉過頭來的任凱那藐視的眼神。

不碰就不碰，哼，臭美！她在內心不服氣地暗想。

「總之，我本來一直以為綺夢學姊死了，直到妳說了自己所做的夢。妳說妳被關在鐵箱子裡，手上還握著紫色琉璃，我想那就是暗示著綺夢學姊的狀況。她還沒死，只是被關在某處。」

封張大嘴巴，但立刻再次閉上，以免又不小心發話。

「這樣就能解釋，爲什麼一直以來小白都在對我說『救她』了。」任凱嘴角勾起笑容。

「請問我可以說話了嗎？」

「說吧。」

「那綺夢學姊會被關在哪裡？」

「妳白痴嗎？還會有哪裡？」

封總算認出了道路兩旁的景色，他們在往學校的方向去。

「學長，你知道綺夢學姊被關在學校的哪裡嗎？」

「我也不知道。」

將機車停在學校旁邊的巷子裡，任凱回頭望了一眼，疑惑地道：「阿谷呢？」

「奇怪，我跑出來的時候他跟著啊。」

「沒來也好，少一個人牽扯。」

封心想，難道阿谷本來牽扯的還不夠多嗎？

如同封所預料的，任凱又打算翻牆進去學校。

「我知道了，學長！你不是說在學校看見了綺夢學姊的鬼魂嗎？咦，應該是說生靈才對吧……不管了，總之我們直接去找她，問她被關在哪裡不就好了？」封說出自己覺得再聰明不過的辦法。

「她自己都不知道自己在幹麼吧。」

綺夢學姊就像沒有意識一樣，莫名其妙地倒掛在學校走廊，任凱覺得去了也問不出什麼東西，不如別浪費時間。

「那如果綺夢學姊真的在學校裡面，我們是不是要報警？」

「妳白痴嗎？也太天真了，警察會相信我們嗎？」任凱這次終於可以面對封大翻白眼。

「現在有那麼多劇情離奇的電影和小說，警察應該很容易就會相信吧？」

「大白痴，我們活在現實世界，妳跟警察說妳遇見鬼、鬼對妳發出警告，然後現在要根據夢的線索來學校找人？三歲小孩都不會信！」

「哪有，三歲小孩絕對會信的，像上次我姪子就……」

「好了好了，閉嘴，妳先翻過去。」任凱已經明白封永遠也學不會閉嘴，於是中斷話題，自動彎下腰讓封踏上去。

因爲昨天已經翻過一次牆，俗話說一回生二回熟，這一次封算是相當順利地翻過了圍牆，連衣角都沒有擦到碎玻璃。

一踏上地面，封就覺得不太對勁，但又說不出哪裡奇怪。

任凱也翻了過來，落在封的身邊。

「有沒有覺得怪怪的？」任凱用力踩了踩腳下的泥土地，封會意過來，也踩了兩下。

「泥土很軟。」

「我在想……夢裡綺夢學姊是被關在鐵箱子裡面，但學校有哪裡可以藏起一個大型鐵箱子而不被人發現？」說完，任凱再次用力踏了兩下。

「你是要說，學姊被埋在土裡嗎？」封覺得這個想法實在太不可思議，「再怎麼說，把人埋在學校裡應該是不可能的吧？」

「都有人死在水塔裡了，妳還覺得不可能？」

「可是要埋一個跟人一樣大的鐵箱在底下，又不被發現，這多困難啊……」

「少囉嗦，挖挖看不就知道了？」封的話還沒說完，任凱已經開始徒手挖開泥土。

「你是認眞的嗎？直接用手挖？不用工具？我覺得我們還是報警的好。」封拿出手機。

「不是說警察不會信我們的話了嗎？」任凱繼續埋頭挖土。

「學長……你知道你這樣挖土的動作很蠢嗎？」封皺著眉頭，一臉認真，「而且雖然警察不會相信我們看到鬼，但可以跟他說我們發現……有屍體，或是隨便找個什麼理由，讓他們派人過來吧。」

任凱頓了頓，停下手上的動作，咳了一聲，尷尬地站起來，拍掉手上的泥土，「同意。」

然後他趕在封嘲笑自己前，先敲了封的腦袋一記，讓封摀著頭淚眼汪汪，接著才拿出手機撥給派出所。

對方接起電話，任凱立刻說出重點，告訴警方他懷疑失蹤兩天的綺夢學姊被藏在學校裡，說出準確地點後，警方還沒講完話，任凱便掛了電話。

「所以我們要在這邊等嗎？」

「打匿名電話還在這邊等警察來？那如果警察問我們怎麼知道地下埋了一個人，不是又回到一開始的問題了嗎？要說是鬼告訴我們的？」

「不一樣啊，等他們眞的找到學姊，我們再說出實情，警察也許就會信了，如果一開始就把鬼牽扯進來，警察才不會理我們！」封說得理直氣壯。「而且你是用自己的手機報警，最好是匿名電話……」

「囉嗦！」任凱擺擺手，卻猛然想到，「綺夢學姊失蹤兩天了，如果昨天她就已經被關到鐵箱子裡並埋到地底下，那氧氣夠嗎？」

封的臉色一白，她完全忘了這個重要的問題，「那、那我們根本不能悠哉地等到警察來找啊！」

「是啊，所以我去找工具，妳打給阿谷。」

「我沒有阿谷的手機，學長你來打，我去找工具！」

兩人分頭行動，封往另一邊跑去。

任凱撥通阿谷的號碼，沒幾秒對方便接起，馬上就是一陣破口大罵。

「阿凱！你欠我的可多了，網咖錢可以不跟你計較，但是蛋糕錢我一定要收，你不能習慣成自然，每次都先跑……」

「我可能找到綺夢學姊了。」

「什麼？在哪裡？」阿谷的口氣變得緊張，任凱說出地點，並要阿谷小心謹慎，在來學校的路上遇到再熟悉的人，都不要提起這件事情。

說到這裡，任凱頓了頓。昨天他們離開學校前，不是看見萬伯走到這裡來嗎？然後還聽到挖土的聲音。

任凱悚然一驚，馬上回過頭，卻已經不見封的蹤影。

平日裡學校的走廊十分明亮，並且充滿笑聲與青春氣息，可現在黑夜降臨，一切都變得死氣沈沈。

封在走廊上奔跑，她記得自己的班上剛好有一把鏟子，那是前幾天喬子宥跟萬伯借來的，說要用來挖土種植班樹，然後就一直沒還回去。

當封來到教室外的走廊時，下意識往天花板看了一眼，她記得米蘭達躲在日光燈後頭。

但現在天花板上除了日光燈外，什麼都沒有，她暗暗鬆了口氣。只是一踏進教室，封就明白自己太天真了。

窗邊的座位上有一個虛渺的人影，她背對著月光，身體一片漆黑，但雙眼依然閃爍著水藍色。

「方雅君！」封叫出聲，那影子晃動了一下，下一秒瞬間來到她的眼前。

「我要殺了妳！殺了妳！」方雅君尖聲吼著，被水泡爛的臉流出噁心的汁液。

她掐著封的脖子，非常用力，讓封感覺呼吸困難。

「我……我們要幫妳……是要幫妳們的……」封艱難地開口。

「扯上關係的女人都該死，她該死，妳也該死！」方雅君的藍色眼睛死瞪著封的胸前。

「沒有人該死！」封大喊，緊接著忽然一陣巨響，教室的窗戶玻璃全數破碎，一陣強風猛然襲來。

「呀——」

方雅君尖叫，靈體被那陣強勁的風捲起，雙手離開了封的脖子。封雙膝一軟，跪在地上，摀著脖頸不斷咳嗽，看著那陣詭異的風圍繞住方雅君，她的魂魄竟逐漸開始變得透明。

聽著方雅君淒厲的慘叫，封有種感覺，那陣風似乎就要將方雅君徹底分解，令她魂飛魄散。

「住、住手……」封的聲音乾澀無比，雖然方雅君想要殺她，可她並不希望方雅君再死一次。

這陣詭異的風絕非尋常，無論是誰操控的，她都希望對方能快點停手。

說也奇怪，那陣風真的慢慢減弱了，捲著方雅君離開。

封癱軟在地上，但想起當務之急是找到鏟子，於是又撐著一旁的課桌椅站起身來。

「妳在這邊幹麼？」這時，一個聲音突然在身後響起，讓封嚇了一大跳，再次跌坐在地上。

「萬、萬伯？」封本想上前求救，卻忽然想起昨晚隔著圍牆聽見了萬伯挖土的聲響。

她頓時瞪大眼睛，往後退了一步，清楚看見萬伯手上的鏟子。

「你們眞是不乖，晚上不該來學校……」萬伯喃喃道，封害怕地往後退到窗邊。

「是你做的嗎？」封顫抖著。

萬伯沒有再說話，只是拖著鏟子朝封走近。

封立刻轉身想從窗戶往外跳，她認爲就算受傷都比留在這裡被殺死強。

可是前腳才跨上窗台，她的頭髮立刻被拉住用力往後拽，讓她重重跌落在地。

在暈過去的前一秒，封依稀瞥見萬伯板著臉孔冷眼看她，而後便是一片黑暗襲來，她什麼也看不到了。

「阿凱，你跑去那裡幹麼？」氣喘吁吁趕來學校的阿谷上氣不接下氣，瞪著剛從體育館方向跑來的任凱。

「你有看見花栗鼠嗎？」任凱的臉上有著難得的倉皇。

「小瘋子不是跟你在一起嗎？」阿谷不明所以。

任凱抹了把臉，神情焦慮。一發現不對勁後，他立刻試圖追上封，卻沒見到她的人，保健室和警衛室他都找過了，而萬伯也不見蹤影。

他心中有不好的預感。

「你說綺夢學姊被埋在哪邊？」夜晚的操場上只有月光映照，阿谷感到一陣陰冷。

「在我們平常翻牆進來那裡的地下，應該是被關進鐵箱埋在土裡。我們已經報警了，你去校門口等警察，我必須先找到花栗鼠。」任凱說完，又要去找封的下落。

「等等，阿凱，到底怎麼回事？小瘋子怎麼了？」阿谷察覺了不對勁。

此時，警笛聲朝學校接近，任凱立刻要阿谷過去。

「跟警察他們說，有人被埋在地下。我得先找到花栗鼠。」

「阿凱……」

「快點，分工合作！」任凱大吼，阿谷頓了頓，接著立刻往校門口跑去。

任凱抓著頭，努力思考還有哪裡還沒找過，明明前後差不到幾分鐘，封怎麼就這樣憑空消失了？

忽然間，任凱感受到有道視線從體育館的方向投射而來，他回頭，見到一個女人站在那裡。

女人在漆黑的夜裡依舊戴著墨鏡，散發著令人不寒而慄的氣息，一瞬間，任凱分辨不出對方是人還是鬼。

「妳……」任凱遲疑地開口。

下一秒，女人不見了。

任凱揉了揉眼睛，他原想跑回體育館，眼窩卻忽然一陣劇痛。

他吃力地摀住眼睛，從指縫間看見黎筱雨眼眶含著淚水，嘴裡喃喃道：「救她。」

「我們已經知道綺夢學姊在哪裡了，等一下警察來就……」

黎筱雨搖頭，白皙的手往學校裡的某個方向指去。

「救她。」

任凱的腦袋裡轟隆一聲巨響，心臟強烈收縮，大腦還沒發出指令，雙腳已經往前邁進。

那間矗立在操場旁邊，幾乎廢棄的小倉庫，在月光的照射下顯得格外陰森。

第九章

耳邊響起一陣粗重的喘息聲，後腦悶痛著，有個聲音要她快點醒來。封勉力睜開沉重的眼皮，隱約看見有一個人影在面前。

剛剛的記憶瞬間湧上，封想起身逃跑，卻發現雙手被綑綁在身後，嘴上還被貼了膠帶。

她似乎是在學校的小倉庫中，封知道這裡存放著一些較少用到的東西。

「你們眞是不乖，還叫了警察過來……」萬伯喃喃自語，他表情扭曲，漫不經心地用鏟子在地上敲著，讓人毛骨悚然。

「嗚、嗚！」封想說話，卻只能發出嗚嗚聲。

萬伯瞥了她一眼，往前一站，臉上盡是無奈的表情，「不可以被發現，那是祕密。」

封想到稍早任凱調查了於學校任職十年以上的員工，當時在學校資料庫頁面上看見的第一筆資料就是萬伯，再加上眼前萬伯的詭異行徑……

天啊！萬伯就是兇手！

這個念頭在封的腦海裡升起，她想放聲尖叫引來救兵，卻徒勞無功。

「你們不應該跑來……」萬伯拖著鏟子一步步逼近，封馬上明白對方是想要殺人滅口。

快來救我啊！任凱學長！

此時，萬伯身後的陰暗處隱約浮現一道人影，她擁有著一對黃色眼睛，是米蘭達。

封淚眼婆娑，拚命眨眼對米蘭達發出求救信號。

但米蘭達就只是站在那裡，雙眼眨也不眨地盯著封，目光移至她的脖子處。見封的眼神有異，萬伯回過頭，米蘭達頓時消失，他什麼也沒看見。

萬伯露出複雜的神情，彷彿自己的所作所爲是逼不得已，「妳不該死……」他一邊說，一邊朝封逼近。

都說臨死前腦中會閃現一生的跑馬燈，可是封的腦中什麼也沒出現，只有一堆吵雜的聲音嗡嗡作響，尖叫、哭喊，各種隱含著絕望的聲音充斥著。

「天欲滅人啊！」

痛徹心扉的叫喊聲，還有一陣又一陣的淒厲哭聲，種種負面情緒讓封感覺自己快要崩潰。

此時，封的腦海中浮現出一幕影像，那畫面眞實得像是曾經發生過一樣，她看到自己身在一處幽暗的地方，被一層薄膜包覆著。

她張嘴想求救，卻只能發出嬰兒般的哭聲。

忽然間，封像是癲癇發作似的全身顫抖個不停，雙眼翻白。

「別耍花樣……」萬伯停下腳步說道，就在這短短的一瞬間，倉庫的門猛地被拉開。

「封！」任凱的聲音像是從遙遠的天邊傳來，將封的神智拉了回來，那些令人感到絕望的呼救聲慢慢遠離，越來越小聲。

學長！

封看向任凱，不自覺地流下喜悅的眼淚，不斷嗚嗚叫著。

任凱看見封被五花大綁地固定在椅子上，又看見萬伯站在一旁，瞬間理解了所有情況。

趁萬伯還沒反應過來，任凱一個箭步衝上，用力撞開萬伯，將他身邊的鏟子往一旁丟去，彎身撕開封嘴上的膠帶。

「學長，萬伯是兇手！他就是兇手！」封趕緊說。

「我看得出來，妳別亂動，我們快離開這裡！」任凱的手微微顫抖，試圖解開綑綁住封的童軍繩，卻怎麼樣也解不開，「馬的！」

「學長！小心萬伯！」封驚呼，萬伯從地上搖搖晃晃地爬起來，往這邊衝過來。

任凱往旁邊躲閃，不忘拉著封的椅子一起移動，以免被萬伯迎頭撞上。

「哇哇哇！」封眼看著模樣猙獰的萬伯撞過來，不自覺地尖叫出聲，「學長！快幫我解開繩子！」

「我已經在解了，妳不要吵！」封的恐懼讓任凱更是緊張，這死結實在是綁得太緊，他越是心急越是打不開。萬伯又從另一邊衝過來，這次任凱驚險閃過。

萬伯拿起剛剛被丟到一旁的鏟子，在地上刮出一陣尖銳的聲音，讓他們全身起了雞皮疙瘩。

「學、學長，我們會被殺死啦！」封開始胡言亂語，不停流著眼淚。

「烏鴉嘴！」任凱氣急敗壞地罵。

「啊！」封的尖叫餘音未落，萬伯已經舉起鏟子，狠狠地往任凱的頭上敲下去。

任凱感到一陣暈眩，見到封張嘴尖叫，眼裡蓄滿淚水，他很想叫她別擔心，想告訴她警察已經來了，但什麼話都說不出口，一陣黑暗隨即席捲而來，將他的意識覆蓋。

封愣愣望著昏倒的任凱，鮮紅的血從他的髮間流下，她一時無法置信。封看到萬伯再次舉起鏟子，卻遲疑了下，沒有立即揮下。

「不要——」封尖叫，伴隨著她的呼喊，一陣強風從倉庫門外吹來。

那陣強風像是有意識一般，捲走了萬伯手上的鏟子。

萬伯東張西望，不明白發生了什麼事，他伸手想搶回鏟子，風卻將鏟子捲起得更高。

封沒有心思去猜想這怪異的風從何而來，她試圖掙脫綁住雙手的繩子，用力一扯，一圈皮頓時被磨掉了，但繩子總算鬆開。她忍痛解開自己腳踝上的繩子，恢復自由後隨即蹲到任凱身邊。

「學長！醒醒！醒過來！」她用力搖晃任凱，順手甩了他幾個耳光，但任凱只是微微張開眼睛，很快又再次閉上眼。

這時萬伯被那陣怪風捲起至接近天花板處，他驚慌地掙扎，封眼看機不可失，趕緊撐扶著任凱往外逃。

封平時沒什麼力氣，這時候架著任凱行動卻游刃有餘。她原以爲是面臨危機導致腎上腺素分泌的結果，不過她很快就發現並非如此。她的腳踝感受到一陣涼意，低頭一看，只見任凱居然雙腳離地約五公分。

是那陣怪風在幫忙支撐任凱的重量。

她回頭，見到萬伯已經從那陣風裡掙脫，正拿著鏟子追過來。

「救命啊！救命！」她一邊扯開嗓子大叫，一邊往前快跑，直到瞥見前方有好幾道藍紅雙色的光芒閃爍著，眼眶裡頓時湧出淚水。

沒想到，下一刻，她的背部突然遭到強烈撞擊，一陣劇痛傳來。

萬伯將鏟子直接丟了過來，鏟子尖端整個刺入封的背裡，她往前撲倒，一旁的任凱也跟著倒在她身邊。

她伸手握住任凱的手，覺得自己也許真的會這樣莫名其妙地死在這裡。

早知道就多吃一點好吃的東西、早知道就多跟父母說說話、早知道今天就打電話給林沛亞她們聊聊天。

這下子她要死了，有好多事情都還沒做。

她的背後一陣灼熱，鮮血滲透過衣服，沾染到了地板，意識逐漸模糊。

隱約間，她聽見紛亂的腳步聲。

「別動，雙手舉高！」一個陌生的聲音大喊。

「阿凱！小瘋子！」是阿谷的聲音。

一陣溫柔的風撫過她的背，帶走疼痛，連帶吹乾了她背上的濡溼。

封在眼睛完全闔上以前，好像看見了一個戴著墨鏡的女人站在陰暗處，她的嘴角勾著毫無感情的冷笑，站在那裡盯著她……

「全完了，全死光了……」

「天欲滅人，逃不了啊……」

「爸、媽！好痛啊！救命啊！」

「沒一個活著了，全死了……」

「我們太晚了……」

「等等！這裡還有一個，快救命！」

迷迷糊糊中，封聽到很多人在講話，她的眼前一片模糊，只有一堆朦朧的色塊，有些鮮紅、又有些黑暗，更多的是近乎膚色的粉，她看不清楚，也聽不清楚。強烈的絕望感充斥全身，她想就這樣一睡不起，卻有另一個聲音要她再支撐一會兒。

然後封就醒了，她一睜開眼睛便看見待在旁邊的父母。

「醒了？有沒有哪裡不舒服？」封媽露出一抹疲倦的笑容，手掌輕輕撫過她的頭。

封搖頭，「我的背……」

「妳很好，沒有受傷。」封爸接過話。

「可是我記得我的背……」封疑惑地道，一隻手摸上自己的背，卻發現背後一如往常的光滑，別說傷了，連疤痕都沒有。

可她明明記得自己受傷了，還有手腕應該也因爲掙脫繩索而有擦傷才是，爲何現在卻毫髮無損？

「小葉……」封媽朝封靠近了些，抿著唇，「妳身上有沒有發生什麼不尋常的事情？」

「我受傷了，可是傷卻自動痊癒了。」封的眼淚不自覺流下。「爸、媽，怎麼會這樣，我的傷爲什麼都好了？」

她清楚瞧見父母互看一眼，那表情明顯並非什麼都不知道。他們知道她受傷了，也知道傷莫名痊癒了。

「妳精神太過緊繃了。」最後封媽還是選擇了用這句話帶過。

封在心裡嘆氣，她更加確定父母有些事情瞞著自己了。

「今天星期幾？」

「禮拜天。醫生說妳醒了就可以出院，但妳確定沒事了？要不要再多住一天觀察？」

「不，沒關係，我想出院。」

「那我去辦出院……」封爸站起來時，任凱和阿谷正巧敲了病房門。

「我和你一起去吧。」封媽說完，對著任凱他們微笑。

看見任凱沒事，封十分高興。等封的父母出去後，他們兩人才走到病床邊的沙發坐下。

「小瘋子，妳沒事吧？」先開口的是阿谷。

「我記得我……不，沒事。」原本她想問阿谷有沒有見到她當時背上有傷，可又覺得還是別提的好。

任凱的頭上包了一圈紗布，據說是頭皮稍微裂了一道傷口，還好只有輕微腦震盪。

「幸好妳沒受傷。」任凱說，封只是苦笑。

「兇手就是萬伯沒錯吧？」昏睡了一天，她有太多事情沒跟上。

任凱咳了一聲，簡單講起封錯過的事情。

在那種狀況下看來，萬伯就是兇手沒錯，雖然他被逮捕後一句話也沒說，但光是傷害封及任凱兩人，就已經犯下了殺人未遂的罪行。

被萬伯埋在地下的鐵箱不是棺材，而是長形置物櫃，當警察將置物櫃打開時，裡頭躺著的綺夢學姊幾乎只剩一口氣。根據阿谷所說，學姊的臉色都快變成紫黑色了，置物櫃裡到處都是不明的發臭液體，而她耳朵上的紫色琉璃亮得相當詭異。目前綺夢學姊還在加護病房，剛剛任凱和阿谷一起去探視過，她尚未恢復意識，還無法向警方作證。

警方也在調查黎筱雨和米蘭達的去向——更正確地說，是屍體的下落。

在那片樹叢中，發現了黎筱雨的血跡反應。雖然事隔多年，照理說能測到血跡反應的可能微乎其微，但就是被測到了，這幾乎是奇蹟。

而校方也承認，當時的確有學生在走廊的天花板上吊，是萬伯清晨巡視校園時發現的。這件事情被校方壓了下來，除了該名學生的家長和資深教師外，沒人知道，經過協商後，米蘭達最終被歸爲失蹤個案。

萬伯雖然默認黎筱雨、米蘭達和方雅君的死因不單純，但一被詢問到作案動機便不發一語，讓警方完全無從查起。

「你沒有問黎筱雨她們？」封小心翼翼地說。

「我沒看見她們。」任凱聳聳肩，而阿谷只是無奈地翻白眼，他實在不想討論這種不科學的話題。

「我總覺得有點不對勁。」任凱說。

「哪裡不對勁？兇手一定就是萬伯，看不出他平常這麼老實，竟會做出這種事。」阿谷憤恨難平，想到綺夢學姊還未完全脫險就滿肚子火。

「那琉璃又是怎麼回事？萬伯怎麼可能是她們的男朋友？」任凱點出怪異之處。

「唉唷，你想那麼多幹什麼？只要等到綺夢學姊醒過來，一切就會眞相大白，而且兇手都抓到了，放心吧。」阿谷拍拍任凱的肩膀，嚷著要再去加護病房看看綺夢學姊，先行離開了。

「妳不覺得奇怪嗎？」任凱看著躺在病床上的封。

「嗯……」她覺得奇怪的事情有很多，像是那陣怪風爲什麼能捲走萬伯的鏟子，當時自己的背明明血流如注，爲什麼現在卻安然無恙，還有那陣怪風又爲什麼差點將方雅君吹得魂飛魄散，以及那個戴著墨鏡的女人究竟是誰……

可是任凱說的那件事也很怪。

「我沒看見黎筱雨她們，但總覺得事情還沒有解決。」任凱用手壓著鼻梁，感覺有一股悶氣鬱積在胸口，無法抒解。

「我很想幫忙，可是我實在太笨……」封說出這種貶低自己的話，讓任凱不禁皺了皺眉。他抬起頭，嘴唇輕抿，想忍住不要笑出來，但勾起的嘴角已經出賣了他。

封當然發現了任凱在憋笑，她咬著下唇，一臉不滿，窗外陽光灑了進來，將封的皮膚照得晶亮，微紅的雙頰配上圓圓的臉蛋，看起來就像顆蘋果般。

任凱的目光移到封的胸前，封順著他的視線低頭一看，發現自己衣服上面的兩顆扣子居然是敞開的，露出了白皙的肌膚。

封驚叫一聲，連忙抬起雙手遮住胸口，而任凱站了起來，快速朝她走去，一把拉開她擋在胸前的雙手。

「學、學長！你、你要做什麼啦！」封慌亂地閉上眼睛撇過頭，「雖然我長得有一點點可愛，可是這樣不行！」

「妳白痴啊！」任凱大翻白眼，「這是哪來的？」

「什、什麼東西？」封不明白。

「我在說項鍊！這上面的琉璃是哪來的？」任凱指著封一直戴在脖子上的、掛著紫色玻璃珠墜飾的鍊子。

「這不是琉璃啦……」話還沒講完，任凱已經伸手將鍊子扯斷，封生氣地喊：「學長！」

任凱將紫色玻璃珠對準陽光仔細查看，「這是琉璃！綺夢學姊耳朵上的耳環只有一邊，我一直很在意這一點，而從色澤和大小來看，這就是綺夢學姊遺失的另一只耳環，只是被拔下來做成項鍊了。」任凱表情凝重地轉過頭來，手掌朝上攤開，讓封看清楚。

「妳還說妳身上沒有其他琉璃，這就是方雅君一直纏著妳不放的原因！她認爲妳也是情敵之一！」

「怎、怎麼會是情敵啦！這是女生送給我的耶！」對於任凱的氣憤，封覺得自己非常無辜。

「項鍊是誰給妳的？」

封微微張口，她顫抖著手拿起那顆琉璃，突然察覺到事情不對。

「是沛亞……」她說。

忽然，黎筱雨的身影出現在封的背後，她看著任凱，嘴裡喃喃道：「救她……」

事情瞬間朝出乎意料的方向發展，封的父母回到病房時，只見到被拔掉的點滴放在空蕩蕩的病床上，還有一張紙條——

「爸、媽，我和任凱學長出去一下，別擔心我。」

「老公啊，該怎麼辦！」封媽臉色刷白。

「不要慌，我們先打電話……」封爸雖然這麼安慰，雙手卻抖得幾乎無法按下手機按鍵。

「不用了。」一個女人出現在病房門口。

「妳……」夫妻倆嚇了一跳。

女人白皙的臉上戴著黑色墨鏡，讓人完全無法看清她的眼睛。

「我們會在一旁。」女人開口，聲音空靈。

「但她受傷了！你們應該要保護她的！」封爸吼道，雖然他很害怕，不過他依舊是個擔心著女兒的父親。

女人只是冷笑，其實那連笑都稱不上，只是牽動了一下嘴角。

「她可是『兩極』呢。」女人的話語中流露出滿滿不屑，說完便轉身離開病房。

留下她……或者該說是那個組織獨有的味道。

像是百合花的香氣，但稍微淡些。

又像是菊花的香味，卻有點不同。

女人身上帶著的香氣是石蒜花香，同時，石蒜花也是那個組織的標誌。

或許該稱之為「彼岸花」，才更讓人感到熟悉。

坐在任凱機車後座的封，不斷撥打著林沛亞的手機，但怎麼樣就是無法撥通，她只好轉而打給喬子宥。喬子宥說她禮拜五放學後就沒見過林沛亞，並問了封的用意。

得知封正和任凱在一起，喬子宥暴怒的聲音從電話那端傳出來：「為什麼妳會跟學長單獨在一起？妳不是不認識他嗎？」

「現在不方便解釋，先這樣！」封丟下這句話後，便掛掉喬子宥的電話。也許接下來還會面臨更多危險，她不想再讓更多人被牽連進來。

「沛亞？禮拜五放學後就沒聯絡過了，我聽她說過禮拜六有事情。」李佳惠正在KTV唱歌。

「她有說是和誰約嗎？」封大聲追問。

「我哪知道？不過看她很開心的樣子，八成是男人吧，哈哈……妳在外面喔？風聲好大。」李佳惠八卦地說，接著問封。

「那沒事了！禮拜一再解釋！」封掛掉電話，拍了拍任凱的肩膀，「前面右轉就到沛亞家了。」

林沛亞的家是一般公寓，由於封來過好幾次，警衛認得她，所以打聲招呼便讓他們進去了。

在電梯內，任凱解開自己頭上包紮的繃帶，這樣包著頭去別人家，對方家長一定會起疑。

「這樣你頭上的傷不會有事嗎？」封問。

「反正我剛剛騎車都沒事了。」任凱扯著嘴角，將繃帶塞進口袋。

來到林沛亞家門口，封急切地摁下電鈴，沒一會兒，一陣啪啪啪的拖鞋踩地聲從鐵門裡傳來，接著門被打開。

「哎呀，封怎麼過來了呢？」來應門的是穿著圍裙的林媽媽。

「阿姨好，請問……」

林媽媽張望著，不等封說完便問道：「沛亞沒和妳一起？」

「啊？」封和任凱對看一眼。

「妳們不是有什麼女生睡衣派對嗎？她昨天很期待，一早就出門了呢。」林媽媽笑咪咪的，封的臉卻垮了下來。

「呃，對……所以沛亞還沒回來嗎？」

「奇怪了，妳們沒有在一起嗎？」

「我們、我們……已經解散了。」封的腦袋一片空白。

「不好意思，阿姨，因爲我把筆記借給封，而封似乎糊里糊塗地把筆記放到沛亞的行李袋裡了，我明天要考試，所以急著找。」任凱連忙找了個藉口，以防林媽媽起疑。

「我打個電話給她，看看她跑去哪了。」林媽媽打量了一下帥氣的任凱。

「不用了，我們去路上找找，說不定會遇到。」任凱盡量露出誠懇的笑容，半推半拉地帶著封離開。

「沛亞是去了哪裡？爲什麼她要說謊？我好不安，我總覺得……好像來不及了，但是到底是什麼來不及，我也不知道。」站在機車前，封忍不住哭起來，任凱也毫無頭緒。

黎筱雨一直以來都有給予提示，雖然很不明確，但既然林沛亞的手上有綺夢學姊的琉璃，那麼她一定和這起事件有關。

可是萬伯已經被抓了，或許林沛亞跟綺夢學姊一樣，被萬伯關在一個不知名的地方等死。

而且他覺得事情沒那麼單純，萬伯應該隱瞞了些什麼。

任凱立刻打電話給阿谷，將自己的推論告訴他，並且要阿谷請警察盡快從萬伯口中問出林沛亞的下落。

「我旁邊正好有一個警察，你等等！」阿谷聽了之後驚慌失措，連忙行動。

過了一會兒，一個低沉的聲音在電話另一頭響起，語氣中似乎帶有些懷疑。

「我是磊向東，請再說明一次情況。」

這種穩重的態度聽起來像是資深刑警，任凱猜想對方的年紀應該差不多有四十幾歲吧。

任凱把事情完整說了一遍，不著痕跡地跳過關於女鬼的部分，最後請警方協助問出萬伯將林沛亞藏在哪裡。

「你有什麼證據可以證明？」磊向東的口吻不像是不相信，只是在確認。

「警方做這件事並不會有任何損失。」任凱堅定地說，手機那頭頓時安靜了幾秒。

「好，我相信你。」磊向東說完，將手機還給阿谷，立刻動身前往偵查室。

「阿凱，小心一點啊！」阿谷說。

「如果綺夢學姊醒來，請她盡量說清楚到底發生了什麼事。」任凱叮囑。

掛掉電話以後，兩人再次跨上機車。其實任凱也不知道該往哪裡去，但總覺得自己似乎遺漏掉了什麼。

「學長，爲什麼黎筱雨不乾脆出現講清楚？」封在後座問。

「或許她不能說太多，又或許她根本也不清楚情況，我哪知道啊！」腦袋裡的思緒糾結成一團，任凱沒好氣地回應。

說起來黎筱雨也眞不夠義氣，只會要他們去救人，卻不告訴他們人在哪裡。任凱仔細回想黎筱雨出現的地點，除了那片她平常待著的樹叢，她還跟著他去過網咖和咖啡廳，再來還有一次是搭便車……

搭便車？

「哇！」任凱猛然煞車，封頓時撞上他的背，「幹麼突然煞車啦！」

「我想起來了。」任凱的腦中閃過一個畫面，當時黎筱雨下車後，就往一棟粉米色的高級住宅走去，但黎筱雨生前家境普通，那棟大廈不可能是她的住處，黎筱雨會往那棟大廈去絕對另有原因，說不定那是她給予的另一個提示……

「想起什……哇！」封話還沒問完，任凱又催動了油門，封趕緊抓住他腰間的衣服。

二十分鐘後，兩人抵達那棟粉米色大廈的對面，拿下安全帽的封一臉茫然，完全不知道爲什麼要來這裡。

任凱的手機鈴聲響起，阿谷打來得正是時候。

「阿凱，綺夢學姊醒了，可是她只是一直尖叫大哭，完全陷入歇斯底里，根本無法問話，剛剛醫生替她打了鎮定劑。」阿谷的聲音聽起來相當疲累。

「沒關係，阿谷，先幫我一個忙，查一個地址。」任凱報出那棟大廈的地址，「你查一下學校裡有誰住在這棟大廈。」

「給我二十分鐘。」阿谷說完，掛掉電話。

封在一旁看著，心想有個駭客朋友還眞是方便。

「如果沛亞在裡面的話，那我們得快點進去。」封說完，立刻跑過斑馬線。

「喂！白痴！」任凱立刻追上，及時在大廈門口拉住她，「在沒有萬全準備之前，妳不要打草驚蛇。」

「可是……」

任凱的手機再次響起，他嚴肅地看著封，直到封點頭答應不輕舉妄動後，才接起電話。

「我是磊向東。」是那位警察。「萬先生什麼都不肯說，但我多少套到了一些話。」

任凱拉著封在大廈前方的長椅上坐下，按下擴音鍵。

「萬先生沒殺人。」

「怎麼可——」任凱下意識大聲反駁。

「先聽我說完。」磊向東的聲音有種讓人信服的力量，「我沒有證據，也沒有其他可信的理由，這是我的直覺，他只負責搬運屍體，並沒有殺人。」

見任凱沒有反應，磊向東繼續說：「至於殺人的究竟是誰，他又爲什麼要幫忙，這還不清楚。他知道黎筱雨、米蘭達、方雅君和顏綺夢的事情，可是他不知道林沛亞這個人。」

「怎麼會不知道？」這次換封喊出聲。

「妳是？」

「啊，我叫封葉，是沛亞的同班同學。」

「喔，之前的另一位傷者。」磊向東的聲音聽起來不太在意，「對了，萬先生說了一個故事。」

「故事？」

「一個男孩跟妹妹吵架，他憤怒之下失手殺了妹妹，並將妹妹的屍體丟到井裡，隔天屍體卻不見了。五年後，他殺了與他一言不合的朋友，同樣丟進井裡，隔天屍體也不見了。十年後，他殺了一個討厭的同事，又將屍體扔進井裡，隔天屍體再度消失。二十年後，他殺掉了爸爸，扔進井中的隔天，屍體卻沒有不見，爲什麼？」

封和任凱互看一眼，這是腦筋急轉彎嗎？

「萬先生說，因爲之前都是男孩的父親替男孩將那些屍體處理掉了。由此大概可以推斷，萬先生就像是故事裡的父親，持續爲兇手處理屍體，然而他並未處理過林沛亞的屍體，所以不知道林沛亞是誰。」

任凱聽完之後，覺得這樣推斷讓事情變得合理多了。

封激動地說：「那沛亞沒事對吧！所以兇手另有其人？」

「聽你們那個紅髮同學的說，萬先生腦筋有些問題？我倒不這麼認爲，他腦子清楚得很。另外，你們別擅自行動，接下來的事交給我們警方就好。」磊向東冷笑了聲，沒有直接回答封的問題，隨後掛斷電話。

任凱相信磊向東所說，萬伯不是兇手，但至於把事情交給警方處理，他持保留態度。

抬頭看向眼前的粉米色大樓，任凱直覺兇手就在裡頭。

「學長，手機響了。」

來電者是阿谷，任凱迅速接起，瞄了眼時間，距離上次通話間隔不到十分鐘。

「阿凱，找到了，我們學校的確有人住在那棟大廈。」阿谷的聲音聽起來不太肯定，「他是兇手嗎……」

「或許是。是誰？」任凱屏住呼吸，有些忐忑。

「是羅秉佑……」

「羅老師？」任凱瞪大眼睛，「你確定？」

「確定啊，從學校資料裡看到的，怎麼可能會有錯？」阿谷雖然對羅秉佑可能是兇手感到震驚，但他的情報可是絕對精確的。「而且我還另外找到一些東西。」

「什麼？」任凱一邊問，一邊拉著封站起來，往警衛室的方向走去。

「羅老師是三十五屆的畢業生，等於跟第一個受害者黎筱雨同期；而他二十一歲時曾經被盧老頭請回學校跟學生分享讀書心得，因爲他考上一所很好的大學，聽說那時候學校就有意請他畢業後回校擔任老師。當然，這一點我剛剛打過電話和盧老頭確認過了，雖然他對於我有他的手機號碼這點感到很奇怪……唉呀，總之那一年，第三十九屆的米蘭達也在我們學校就讀。接下來，羅老師二十五歲時進學校實習，正巧四十三屆的方雅君也在……一次可以是巧合，但三次還說是巧合，連狗都不信。」

一鼓作氣說完的阿谷，聲音明顯顫抖著，任凱也無法壓抑住內心的震驚。

他努力回想羅秉佑的言行舉止，雖然任凱一直不是很喜歡他，但羅秉佑一向風度翩翩，爲人溫文有禮，怎麼看都不像是兇手。

「學長，你怎麼了？」無法聽見完整對話的封抓著任凱的手問。

「阿谷，我們現在在羅老師家樓下，你跟磊向東……就是那個刑警，跟他說，快點派警察過來。」不理會阿谷的詫異，任凱掛上電話。

「什麼意思？這裡是羅老師的家？」將任凱與阿谷兩人片段的對話拼湊起來後，封也大致明白情況了，她摀住嘴，一臉不敢置信。

「警察會過來。」

「那沛亞呢？她就在上面嗎？」封激動地問。

「我不知道，但我們不能貿然上去……」任凱有些遲疑。

「說不定沛亞也跟綺夢學姊一樣只剩一口氣！這時候更該上去救她，等警察來就來不及了！」封哭喊著。

見到封如此焦急，任凱衡量了一下危險性，最後堅定地看著封說：「好吧，但別輕舉妄動，知道嗎？」

「嗯！」封用力點頭，擦乾眼淚。

兩人往大廈走去，來到警衛面前露出人畜無害的笑容，根據剛剛阿谷提供的情報，準確報出羅秉佑居住的樓層。

「我們是羅老師班上的學生，羅老師的生日快到了，由我們兩個代表來帶羅老師去生日派對的地點。」

「我幫你們打電話通知羅先生吧。」警衛拿起電話，就要撥內線通知，卻被任凱制止。

「爲了給羅老師一個驚喜，我們打算用別的理由帶他過去。」任凱從皮夾裡取出學生證。「我可以把學生證寄放在這邊，證明我們是他的學生。」

警衛接過學生證，依然猶疑不定，封見狀，連忙推開任凱，上前露出一個可愛的笑容，「拜託啦，警衛先生，這個驚喜我們全班準備了很久耶，可以讓我們偷偷上去嗎？反正等等我們就會跟羅老師一起下來啦。」

見到高中女孩對自己求情的可愛模樣，而且兩人還交出了學生證，警衛心想也不是不能破例，反正這兩個孩子看起來都很老實。

「好吧，就讓你們上去吧。」警衛拿出電梯的感應磁卡給他們，兩人再三道謝後，立刻飛也似的衝往電梯。

站在電梯裡，兩人內心的緊張感不斷攀升。隨著電梯的上升，封開始耳鳴，似乎聽見了林沛亞的呼救聲，但她強烈希望這只是她的幻覺，因爲太過不安而產生的幻覺。

「封。」任凱乾澀的嗓音響起。

封本能地不想聽見任凱用這樣的語調說話，於是用力搖了搖頭，正想轉過身，任凱卻難得主動用力抓住她的手，面色鐵青地瞪著前方的電梯門。

「妳有林沛亞的照片嗎？」任凱的臉色很難看。

「怎、怎麼了嗎？」封顫抖著聲音。

任凱嘆了一口氣，強忍著眼窩的劇痛說：「有東西站在這裡。」

一個血淋淋、身體像是被凌遲過般殘缺不全的女鬼，雙眼泛著血淚，凝望著封。

「不、不，不可能！」封抓住任凱的衣領大喊，「那一定不是沛亞，只是路過的其他靈體！對不對？」

眼前的封哭得梨花帶雨，任凱實在不忍心，於是艱難地點點頭，握緊了她的手。電梯門打開，那個鬼魂領著兩人來到了某扇門前。

第十章

叮咚——

「哪位？」羅秉佑的聲音從對講機裡傳出。

「老師，我是任凱。」

「……你怎麼知道我住在這裡？」

「可以開門嗎？我有事情想要請教老師。」

「抱歉，今天不方便，有事的話，明天到學校再來找我吧。」

「你找到紫色琉璃了嗎？」任凱突如其來的提問，讓羅秉佑正要掛上對講機的動作停了下來。

「什麼琉璃？」羅秉佑的聲音變得冰冷。

「你知道我在說什麼，綺夢學姊的紫色耳環。」任凱冷冷道。

過了一會兒，門打開了，羅秉佑陰沉的臉出現在鐵門後。

「你知道些什麼？」

「也許你該先讓我進去，我們好好商量。」任凱將手抵在門邊。

羅秉佑考慮了一會兒，大概是認為一個高中男生不會是他的對手，因此打開鐵門。

一股濃郁的焢肉香飄散出來，羅秉佑道：「我正在燉肉，你可以留下來吃晚飯。」

「不用……」剎那間，任凱將肉香和剛剛電梯內殘缺的靈體聯想在一起，胃裡一陣翻攪，他忍不住摀住嘴巴。

羅秉佑冷冷看著猛然彎下腰的任凱，輕扯嘴角一笑，「看來你不愛吃肉。」

「老、老師，沛亞在哪裡？」封從一旁跳出來，手裡握著戴在頸上的項鍊。

這個笨蛋，躲在旁邊不就好了！任凱在心裡暗罵。

「妳是……」羅秉佑的目光在封的臉上打轉，最後停在項鍊上，「封葉？那果然是我的琉璃吧，壞孩子，我找了好久呢。」

羅秉佑露出微笑，伸手就要摸上項鍊，任凱連忙將封往後一拉。

「羅老師，沛亞在哪裡？」任凱深吸一口氣，強忍住噁心感。

「我不知道林沛亞是誰。」羅秉佑冷笑。

「我們可沒說她姓林。」看著羅秉佑丕變的臉色，換任凱露出冷笑，「現在，可以讓我們進去了嗎？」

羅秉佑側身，兩人進到屋內。

他的住家裡一塵不染，所有東西全都規規矩矩擺放整齊，雜誌也疊好放在桌角，掛在立式衣架上的衣服連一道皺褶也沒有。

從冰箱裡拿出飲料的羅秉佑，小心翼翼地擦拭掉杯子表面滲出的水珠，那模樣讓任凱覺得他一定是個相當神經質的人。

「那麼，你們找我有什麼事？」羅秉佑將三杯飲料端到桌上，坐在一旁的白色眞皮沙發上，沙發上毫無一點髒污。

「沛亞在這裡對吧？你把沛亞藏到哪裡去了？」封碰也不碰桌上的飲料，坐立難安，她現在只想搜遍這間屋子的每個角落。

任凱從頭到尾都緊握著封的手，那肉香濃郁得讓他無法專心。

「我說過了，不知道。」羅秉佑瞇起眼睛，悠哉地拿起桌上的冰茶啜飲一口。

「騙人！那讓我們找找看！」

「如果你們是有搜索票的警察，那當然沒問題，但你們只是不懂禮貌、在假日闖進老師家打擾的學生。」羅秉佑的眼神深沉得難以捉摸，讓封打了個冷顫。

「我猜，老師你曾經先後和黎筱雨、米蘭達、方雅君交往過吧？」任凱捏捏封的手，示意她別太衝動，畢竟現在他們面對的可是殺了三個……或者四個人的連續殺人犯。

羅秉佑挑起一邊的眉毛，「這我承認，但都已經是過去的事情了。」

封沒有料到他會如此乾脆承認，忍不住瞪大眼睛，「難道連綺夢學姊也曾經是……等等，所以琉璃是禮物？你送給所有交往過的女人的禮物？」

「妳很聰明嘛。」羅秉佑大笑著，都被揭穿了，他也沒什麼好隱瞞。

封用力扯下頸上的項鍊，「那為什麼沛亞會給我這個？難道你也跟沛亞……」

看著項鍊上的紫色琉璃，羅秉佑皺起眉頭，陰沉地說：「這是綺夢那賤人偷走的……」

偷？

「這個耳環我原本放在辦公室桌上，某天卻不見了。我找了很久，直到看見林沛亞放在我桌上的紙條。」

「紙條？」任凱和封異口同聲地問。

羅秉佑從旁邊的櫃子裡找出一張放在夾鏈袋裡的紙條，滿臉嫌惡，封馬上認出那款便條紙和林沛亞平時用的一樣。

羅老師：

我知道你和綺夢學姊的事情，如果不希望我說出去，請在禮拜六來到公園池塘右邊的白橡樹林那裡與我見面。

這娟秀的字跡正是林沛亞的，封不會認錯。

「沛亞也知道羅老師是兇手？」

「什麼兇手啊，哈哈。」羅秉佑搖頭輕笑。

「不，看起來不像是這樣……」任凱輕輕皺眉，他想起班上許多女生都對羅秉佑有好感，所以很有可能……「我想，她是不是打算告白？」

「怎麼可能……」下意識反駁後，封突然想起，一向對任何事情都不關心的林沛亞，卻能清楚介紹出羅秉佑的經歷，看來可能性確實很高。

「原來是這樣啊，哈哈哈，那我眞的誤會她了。」羅秉佑聽了兩人的話，不禁拍了拍自己的額頭。

「我想你還不知道吧，綺夢學姊已經被找到了。」

「喔？怎麼樣呢？」羅秉佑冷笑。

「可惜不如你所預料的，她還活著，被送到了醫院，目前消息暫時被警方壓下了，我想晚一點電視臺就會播出新聞，頭條可能會是『高中老師殺害多名女學生』之類的。」任凱露出不帶感情的笑容，他不能在氣勢上輸給對方。

羅秉佑的笑聲停下，面無表情地瞪著他們。

「是、是啊，綺夢學姊沒有死！還有，幫你毀屍滅跡的萬伯也被警察抓了！」封接著道。

羅秉佑猛然站起身，嚇得兩人將身體往後仰，但他只是逕自朝廚房走去。

「他該不會是去拿刀吧？」封愣愣地說出最糟的可能。如果羅秉佑眞的是去拿刀，那他們現在是坐在這邊等著被殺嗎？

任凱馬上傳了封簡訊給阿谷和磊向東，說明他和封現在已經在羅秉佑家中，懷疑這邊有另一個被害者的屍體，要他們立刻趕過來。

還沒想好是要先撤退還是先搜索，任凱便看見那個殘缺的靈體低頭站在一扇白色木門前，手指著門後。

任凱不假思索地衝往那扇門，封也跟了上去。

「妳別過來！」任凱小聲說，但封是吃了秤砣鐵了心，再怎樣她都要親眼確認林沛亞是否眞的遇害了，況且要是留她一個人在客廳，她只會更害怕。

任凱輕輕打開木門，盡量將製造出的動靜降到最小，門後的房間擺設同樣整齊到有些詭異，全灰的單一色調讓人感覺不太舒服。

一股有別於外頭肉香的噁心味道瀰漫，死寂的房間內滿是濃烈的血腥味。

「這是什麼味道……」封摀住鼻子。

穿著制服、全身是血的女鬼站在衣櫃前，低頭指著裡面。

「妳最好站在這裡別動。」任凱再次告誡，但封依舊跟著任凱來到衣櫃前。

「如果打開後是妳不願見到的畫面，那該怎麼辦？」任凱最後一次發出警告。

封嚥了嚥口水，「那是我的朋友。」

一旁的女鬼流下血淚，淚水滴到地板上就消失了，她的臉上全是傷痕與浮腫。

在這個瞬間，任凱已經能夠確定，這個鬼魂就是林沛亞。

打開衣櫃門，映入眼簾的是許多襯衫和褲子，那股血腥味越發強烈。

「學長，那裡有一道門。」有道不起眼的門隱藏在眾多衣褲後方，門板似乎虛掩著，血腥味就是從那裡散發出來。

「封……」任凱忍不住想再提醒一次，但封已經鑽進衣櫥，往門的方向爬去。

她控制不住地顫抖著，內心的情緒無比複雜，她知道任凱說的很可能成眞，所以她想做好心理準備，可是就算再多給她幾天，她都不可能做好準備，但她還是決定要去面對。

「我來開。」任凱溫暖的大手覆上封抵在門板上的手，兩人咬著牙，一起推開了那扇門。

任凱還以爲這輩子都不會再聞到這樣濃烈的血腥味了。

他們甚至不用打開浴室的燈，就可以看見整間浴室裡血跡遍布。

那些血已經不是鮮紅色，而是偏黑的暗紅，四面牆上全濺滿了血，還混雜著其他液體的臭味。

林沛亞的嘴被膠帶封死，眼球突出，全身扭曲成怪異的姿勢，顯然死前遭受了許多不人道的折磨，才會因爲劇烈疼痛而導致肢體扭曲。

封的腦中一片空白，她想往前跨出一步，卻被任凱阻攔下來，他輕聲在封的耳邊說：「不要進去。」

封想大哭、尖叫，卻傻愣愣的無法反應，只是喃喃地說：「她身上的肉呢？」

林沛亞的身體殘破不堪，尤其是大腿幾乎只剩下骨頭。

「肉剛燉好呢。」羅秉佑的聲音猛然出現在兩人後方。

「你——」

封看見任凱衝過去想攻擊羅秉佑，而羅秉佑手上的鍋子裡頭飄出陣陣肉香……那是林沛亞的大腿肉嗎？

「快救命啊，這裡還有一個！」

「這裡還有一個人活著——」

「是希望、是希望——」

她的腦中再次響起各種莫名的聲音，有大型機器鑽動的聲音，還有許多人絕望的哭叫聲，和踩在瓦礫上的腳步聲——

忽然，那鍋依然沸騰著的肉湯灑了出來，任凱轉過頭大喊，嘴巴一張一合，但封聽不見他的聲音。

那鍋熱湯就這樣直接往她這個方向潑灑過來，一種被灼燒的劇烈疼痛從全身各處傳來。

「啊——」封終於發出了尖叫聲，滾燙的湯灑滿她的全身，痛到讓她覺得自己一定是皮開肉綻了。

「封！」任凱衝了過來，小腿卻突然一陣劇痛，低頭一看才發現自己的小腿上插了把刀。

「哈哈哈，你們還是太嫩了，既然認爲我是兇手，怎麼還敢就這樣過來？」抽回任凱腿上的刀，羅秉佑喪心病狂地大笑，他踢了倒在地上無法動彈的任凱一腳，毫不留情地踩在他的傷口處。

「你、你……」大量的鮮血噴濺而出，任凱的視線越來越模糊。周圍出現了好幾雙腳，他知道是黎筱雨她們來了，卻只能在心中無聲喊著救命。

羅秉佑跨過任凱，朝跪坐在衣櫃旁瘋狂尖叫的封走去，他嘖嘖了兩聲，「可惜啊，漂亮的臉蛋燙傷了。」

一邊說著，他還用手指輕戳封的臉，每一下碰觸對封來說都是如同深陷地獄的疼痛。

她竭力嘶吼、尖叫著，神智越來越模糊。

「萬伯跟你們說過一個故事嗎？」蹲在旁邊的羅秉佑一副好整以暇的模樣，

「有個不斷殺人的男孩，他只要把屍體隨便往井裡一扔，隔天屍體就會自動消失。他直到殺死自己的爸爸後，才知道之前那些屍體都是爸爸幫忙處理的。」

他勾起一個奇怪的笑容，「黎筱雨這女人眞不知道哪裡好，明明我勾勾手指她就靠過來了，但和她交往實在是太麻煩了，我才輕輕推她一下就死了，有夠脆弱。而米蘭達不聽話，我不喜歡不聽話的女人，她如果乖一點就好了，所以我用繩子勒死她，讓她再也不能說話。至於方雅君則是太過善妒，竟然妄想威脅我，她是什麼東西，憑什麼說那些侮蔑她的話？所以我將她壓到水桶裡，原來那麼淺的水桶也淹得死人啊……至於顏綺夢，她是最該死的一個……」

封的意識逐漸模糊，聲音傳到她耳中的速度越來越慢，她看到任凱已經暈了過去，滿室殷紅占據了她的雙眼。

她不甘心地想著，爲什麼人要怕鬼？人比鬼可怕太多了！

「我從沒要萬伯幫我處理，我早就隨時做好被抓的準備了，他越是幫我掩飾，不就越是寵溺我，要我殺更多女人嗎？」羅秉佑的臉朝封貼近，緩緩說著：「我第一個殺的是妹妹、第二個是媽媽，這些……萬伯全都知道喔……」

然後封就失去意識了，只記得有一陣很溫柔的風吹過。

當封醒來時，時間已經過去了兩天，她躺在同一張病床上，父母依然在她身邊，那憔悴而又想隱瞞什麼事的神情，讓封永生難忘。

封有些黯然地想著，她這一輩子要帶著滿是傷痕的身軀過活了。她鼓起勇氣舉起手，想看看肌膚灼傷的情況有多嚴重。

卻發現一片光潔無瑕。

「我、我？」

封媽壓下她的手，「除了因爲過度驚嚇而昏睡了兩天外，妳身上一點傷也沒有。」

怎麼可能？她全身被滾燙的肉湯潑到，那種劇痛的記憶不可能是假的。

封瞪大眼睛想反駁，但爸爸卻在一旁神情怪異地看著她。

就跟上次被萬伯弄傷一樣，父母知道她並不是毫髮無傷，只是莫名其妙以奇快無比的速度復原了，卻隱瞞不說。

「爸、媽，我到底是……什麼東西？」封的眼角滑下了眼淚，她無法理解這一切。

封媽只是紅著眼眶，摸著她的臉頰，什麼話都沒有說。

「那個任凱比妳早一天醒過來。」封爸說道，像是爲了扯開話題，不過這確實也是封所關心的事。

「他沒事嗎？他還好吧？那羅老師呢？沛亞呢？還有萬伯……」封想起身，卻因爲動作太急而一陣暈眩。

「別急，他和磊警官都還在醫院。要叫他們過來嗎？」封媽扶著封的肩膀讓她躺下，溫柔地拍拍她的手。

封點點頭，在等待父母去找磊向東跟任凱過來的時候，她怔怔地盯著天花板出神，回想起種種怪異之事。爲什麼她明明被刺傷了，醒來卻沒事；被熱湯潑了滿身，醒過來後仍是毫髮無傷？

這一切，父母明明知道原因，卻選擇隱瞞她。

封回想起不時出現的零碎幻覺——殘破瓦礫中，絕望的哭喊聲。

那些畫面，是她曾經歷的過去嗎？

眼角餘光瞥見一旁的小桌上放滿了花跟禮物，還有喬子宥和李佳惠的卡片，水果籃上放著一把水果刀，封坐了起來，像著了魔似的拿起刀子，心想如果現在拿刀在手腕割上一道，傷口會不會立刻復原？

「妳不會是想自殘吧？」任凱的聲音出現在門口。

「學長！你沒事眞是太好了。」封立刻放下刀子，看向任凱。

任凱沒好氣地扯了扯嘴角，他坐在輪椅上，由一個年輕的男人推著進來。

封端詳著那個男人，對方看起來約二十來歲，長相清秀斯文，有點像日本偶像團體中常見的花美男，難道是任凱的家人？

「我是磊向東。」

「啊？」封張大了嘴，她沒料到磊向東竟然這麼年輕。

「跟想像中的有些落差吧？」任凱失笑，他第一眼看見磊向東時也很驚訝，還以爲是哪來的大學生。

磊向東沒理會兩人的話，冷著臉倚在窗邊。

封看到任凱的頭上又密密纏了紗布，還因爲腳上有傷而坐著輪椅，便想起在自己昏倒前，任凱被羅秉佑狠狠一刀刺中了小腿。

「差一點就要截肢了，就差那零點幾公釐。」任凱無所謂地說著，封注意到任凱看著自己的眼神有些異樣，顯然也無法理解她驚人的恢復能力是怎麼回事。

「我已經向任凱問過話，但還是有必要再問妳。」磊向東從胸前口袋取出一本小冊子。

「沛亞呢？羅老師呢？」

「林沛亞的媽媽帶走了她……」任凱垂下目光。如果可以的話，他多希望能忘記林媽媽傷心欲絕的神情。

「至於羅秉佑，他逃走了。」磊向東的表情不太愉快，他已經用最快的速度趕到，警衛說羅秉佑才剛離開五分鐘，他連忙追了出去，可是對方就像人間蒸發一樣，完全失去蹤影。

不過有一點讓磊向東很在意，警衛說羅秉佑離開時神態恐懼，一面喊著救命一面逃開，彷彿有什麼恐怖的東西在追著他。

這件事情他沒有對兩位學生說，只是告訴他們羅秉佑逃了。

封坐在床上握緊雙拳，她無法接受惡人沒受到制裁。

「法網恢恢，疏而不漏，不是不報，時候未到。」磊向東告誡兩人，「別去做你們能力之外的事情，這一次若不是你們打草驚蛇，現在羅秉佑早就被捕了。」

「我很抱歉。」任凱對自己的輕率感到相當後悔。

封思索著磊向東的話，她相信世界上自有一套看不見的正義法則存在，因此即便她很生氣，也不能代替法律去懲罰惡人。

磊向東接著告訴他們，萬伯就是羅秉佑的父親，這一點在阿谷通知磊向東兇手就是羅秉佑的幾分鐘後，立刻得到證實。

從羅秉佑殺了自己的妹妹和媽媽開始，再到後來的黎筱雨、米蘭達、方雅君，萬伯每次都默默地替他處理掉屍體。

萬伯以爲這麼做是在幫他，卻讓羅秉佑更加深陷於殺戮的瘋狂中。只有林沛亞是橫插進來的意外角色，萬伯不知道她的存在，也不知道羅秉佑把她帶回家。

而大廈警衛則說，禮拜五晚上他曾在監視畫面中看見羅秉佑帶了一大捆棉被回來，他當時沒想太多，如今想來，羅秉佑應該是把林沛亞裹在棉被裡帶回家的。

「可是萬伯不是姓萬嗎？」

「羅秉佑從母姓，父親是招贅的，所以萬先生總是一副唯唯諾諾的樣子，但這不代表他腦筋有問題。」磊向東解釋。

封一想起林沛亞的慘死還是不住顫抖，也想起在自己暈倒前，羅秉佑所講的那些話，她總覺得有種說不上來的怪異。

另一方面，萬伯得知羅秉佑逃亡後，顛狂地笑著供出了所有實情。

黎筱雨遇害後，屍體被他陸續肢解，分別丟往山上或海裡，警方派過人到萬伯供稱的地點搜索，但一無所獲。

米蘭達的屍身被僞裝成上吊自殺，方雅君則是被丟到水塔裡面。

至於顏綺夢，當時萬伯發現羅秉佑在晚上進入學校，便跟在後頭，結果見到羅秉佑對顏綺夢下了殺手。萬伯以爲她死了，卻在搬運的過程中發現她還有一口氣在。

他敢搬屍體、分解屍體，卻不敢殺人，因此不知如何是好。最後萬伯將顏綺夢塞到倉庫裡的廢棄置物櫃中，沒想到剛好封臨時起意想要進去倉庫探看，雖然最後不而了之，但這也讓萬伯發覺那裡不是藏人的好地方，才在禮拜五晚上到樹叢那裡的地上挖了洞，將顏綺夢埋進土裡，讓她自生自滅。

磊向東娓娓道來，對於這件案子，他由衷地感到不可思議。

「羅秉佑送給每一個女人不同顏色的琉璃耳環，並在殺了對方後收回去當作紀念，放在他辦公桌的罐子裡。」磊向東拿出一張照片，罐子裡裝有白、水藍、紅、綠、紫等顏色的琉璃，「林沛亞應該是認出了屬於顏綺夢的耳環，偷走後又轉送給妳，而她爲什麼會這麼做，原因尚不清楚。米蘭達的耳環則是羅秉佑去保健室時不小心掉的，保健室的張阿姨說羅秉佑曾經問過她，有沒有看見琥珀色的玻璃珠。」

「你說，還有其他顏色……」封的聲音微微顫抖。

磊向東淡淡地回答：「是，萬先生已經全盤托出了，羅秉佑殺過的人比你們所知道的還多，我們正在著手調查。」

封咬著下唇，她曾經看過羅秉佑桌上那閃閃發光的罐子，沒想到裡頭竟是一條條生命。

任凱看著站在病床邊的三個女人，黎筱雨、米蘭達、林沛亞。

她們已經不再是之前看見的恐怖模樣，全都恢復生前的美麗容貌，就像資料上的照片一樣清秀。

可是黎筱雨依舊愁眉不展。

「救他。」她輕聲道。

這一次又是救誰？不會是羅秉佑吧？

黎筱雨點頭回應了任凱內心所想，眼神充滿擔憂。看樣子，就算被愛人無情殺害，她也仍然掛念著對方。

不用救他，他該受到制裁。任凱心道。

黎筱雨只是嘆息，接著她們三個的身影越來越淡。林沛亞離去前，輕輕拍了拍封的手，無聲說了句：「對不起。」

當然，這一切，封都看不見。

雖然羅秉佑還在逃亡，不過至少他的惡行已經被揭露。

任凱本以為靈魂是沒有感情的，他以為靈魂不會知道自己在幹什麼。這一次他卻明白了，靈魂眞的如封所說，擁有思想。

但這只是少數，他相信只會是少數。

「總之，這次辛苦你們了。」磊向東起身，遞給任凱一張紙條，「上面有我的電話，有任何麻煩就打給我。」

任凱有些意外地接過，道了聲謝。

磊向東離開後，任凱才開口想詢問封關於受傷的事情，可門再一次被打開。

「你們兩個眞是不要命啊！」阿谷衝進來，眼睛有些紅腫。

「綺夢學姊怎麼樣了？」封問道。

「她一清醒過來就說要見凌老師，大吼大叫的，我沒辦法，只好打電話給在學校的凌老師。」阿谷無奈地說。

「學校不是停課了嗎？」任凱想到這兩天的新聞全都在大肆報導這起案件，全校師生人心惶惶，情況混亂。

「是啊，但老師還是得去學校上班。我覺得奇怪的是，凌老師應該沒有教三年級吧，爲什麼綺夢學姊要找凌老師？而且她完全沒有問起羅老師的事情，這實在不太正常。」阿谷皺起眉頭。

「可能是學姊以前讀一、二年級時，被凌老師教過？我也很喜歡凌老師啊……」封嘴裡這麼說著，心中的違和感卻越來越強烈，她的腦中閃過一個畫面，頓時有些不敢相信自己的記憶。

「我想羅秉佑不會過得多好，因爲升天的靈魂只有三個，那個藍眼女鬼，也就是方雅君，想必是跟著羅秉佑走了。她很愛他，不能容忍任何女人接近他……我想方雅君是靠羅秉佑送出的琉璃來認定誰是自己的情敵，所以她才會找上擁有紫色琉璃的綺夢學姊，讓綺夢學姊精神日漸衰弱，才在學校討論區發表了那篇文章，後來又找上妳。至於米蘭達，她純粹只是想拿回自己的琥珀色琉璃罷了。」

「那沛亞不知道有沒有遇到什麼靈異現象……」封一邊找出自己覺得怪異的地方，一邊問任凱問題。

「應該是沒有。假設綺夢學姊星期四晚上被羅秉佑攻擊，身上的紫色琉璃耳環同時被收回，而星期五林沛亞才拿走羅秉佑放在桌上的耳環，並弄成項鍊送給妳，這樣一算，她應該不會有遭遇靈異事件的時間。」任凱推論。

「那她幹麼大費周章把耳環僞裝成項鍊給小瘋子？」阿谷不明白。

「我也不知道……」封想起當時林沛亞神色有些怪異，「也許沛亞怕被羅老師發現，才想交給我保管吧。」

「這是嫁禍給妳吧。」阿谷嘖了一聲，封咬著下唇不語。

「算了，探討這些都沒意義了。」任凱擺擺手。

一陣清涼的風從窗外吹來，不知道爲什麼，封覺得這陣風彷彿引領著她，將頭轉往放滿慰問品的小桌方向。

桌邊有個潔白無瑕的瓷杯，是當時小虎請她喝茶的杯子。

杯子裡頭有個小卷軸，封打開卷軸，上頭用毛筆字寫著「用此杯飲水，另，再仔細串連一切」。

「哪裡來的怪東西啊？」阿谷瞥了一眼，皺眉道。

封的心臟卻怦怦跳著，看來小虎也知道有哪裡不對勁，到底是哪裡？而且他怎麼會知道？

她的手指下意識地沿著杯緣劃過，光是這樣，好像就能稍稍撫平紛亂的心緒。

「我想去看綺夢學姊。」封說。

任凱原本希望封能繼續躺在床上休息，但嚴格說起來，封的身體狀況比他好多了，畢竟她身上的傷都莫名其妙癒合了，一點痕跡也沒有留下。

而且，封身上的氣息更加純粹明亮了，他不懂這是為什麼。

「學長，我覺得有點奇怪……」三人走在前往綺夢學姊病房的路上，推著任凱輪椅的封輕聲說。

「我覺得不只一點，是很奇怪。」任凱挑眉，「還有，不是說了別碰我？」

「果然學長也覺得很奇怪對不對？」封忽略任凱後面那句話，又朝他貼近。

這一次任凱連耳根都紅了起來，他伸手想推開封，卻發現封居然緊靠自己的耳邊，頓時微微一愣。

「學長，我覺得我忘記什麼很重要的事了，當時你昏倒了所以沒有聽見，羅老師那時候說的話怪怪的……」

屬於封的淡淡體香縈繞在任凱的鼻間，讓任凱的臉更燙了，他心裡哀嚎著：夭壽喔，女生這種東西平時有夠麻煩，又脆弱得不堪一擊，身體還軟綿綿的，實在太可怕了！

「學長，你有聽見我說的話嗎？」封爲了不讓前方的阿谷聽見他們的談話內容，再度壓低身子，若有似無地碰觸到任凱的背，髮絲落在他的頸間，讓他感到一陣搔癢。

「靠，妳閃邊啦！阿谷，換你來推我！」任凱終於忍不住暴怒出聲。

封被任凱嚇了一大跳，前方的阿谷轉過頭來，皺起眉頭，「阿凱，你的臉怎麼變得跟螃蟹一樣紅，不會是發燒了吧？醫生說過如果發燒要跟他講。」

「沒事啦，你過來，然後花栗鼠滾遠一點！」任凱一手摀住自己的臉，憤憤地想，封這混蛋居然讓他出糗到這種地步。

不過封的注意力完全被眼前的一幕吸引住了，她回過頭，將食指放在嘴唇前示意他們噤聲，阿谷和任凱對視一眼，阿谷輕手輕腳地推著任凱的輪椅，來到顏綺夢的病房前。

他們所看見的，是凌然與顏綺夢擁抱在一起的畫面。照理來說，老師給受到驚嚇的學生一個擁抱並不算什麼，但凌然的動作卻令人感到有點不尋常。

凌然一手輕拍顏綺夢的背，另一手則撫摸著她的頭髮，在她的耳邊說別怕。

三人面面相覷，阿谷故意用力踩著步伐，意識到有外人在場，凌然和顏綺夢瞬間分開。

「任凱，你們來了呀。」凌然露出若無其事的笑容。

「綺夢學姊，妳沒事了吧？」阿谷立刻關心地問。

「老師，妳送我的耳環少了一邊，不知道跑哪去了，一定是被羅秉佑那個混蛋……」顏綺夢話還未說完，凌然立刻看過去一眼，顏綺夢頓時警覺地閉上嘴巴。

任凱輕輕挑眉，沒有追問，而阿谷則又問：「綺夢學姊，妳現在還好嗎？」

「嗯，我沒事了。」顏綺夢一邊說，一邊偷瞄凌然。

「沒事的話，我可以做筆錄了嗎？」磊向東冰冷的聲音傳來。

「你是……」凌然看著外表像是大學生的磊向東，滿臉疑惑。

磊向東大步走進病房，拿出警徽說明自己的身分，「不相干的人都先出去。」

任凱聳聳肩，阿谷又關心了顏綺夢幾句後，便推著任凱的輪椅走出病房。他轉頭看了看還杵在原地的封，說：「小瘋子，走了啦。」

「凌老師呢？」先前一直沒有說話的封問。

「綺夢的精神狀況不是很穩定，我陪在她身邊，直到她的父母回來，可以嗎？」凌然擔憂地看著磊向東。

「沒辦法。」磊向東一點都不給商量餘地。

凌然咬著下唇，再次拍拍顏綺夢的肩膀，「我就在外面。」

顏綺夢點頭，他們一行人走出病房，順道將門關上。阿谷提議先去醫院附設的咖啡廳坐一坐，凌然卻堅持要在顏綺夢的病房外等。

「凌老師，我都不知道妳跟三年級的綺夢學姊感情這麼好呢。」封勉強扯出微笑。

凌然也微笑道：「一年級的時候帶過她，是個很得我心的孩子，發生這種事情實在太遺憾了。」

「對了，凌老師，妳和羅老師熟嗎？」封又問。

凌然頓時目光閃爍，有些不自然地說：「就只是同事。」

「喔……」封若有所思。

「幹麼啊，小瘋子？」阿谷不解地問。

「沒有，我只是想問問看凌老師知不知道羅老師可能會躲去哪裡。」

凌然笑著回應：「這我就不清楚了，我和羅老師並不熟。」

「嗯，那我們先去咖啡廳吧。」封往前走，阿谷推著任凱的輪椅跟上。經過轉角的時候，任凱又回頭看了凌然一眼。

方雅君就站在凌然身後，一臉怒容。

三人來到咖啡廳，封照舊點了奶茶，任凱只能喝水，阿谷則點了紅茶。飲料送上來後，那白色瓷杯也出現在桌面上。

「妳還把它帶出來呀？」任凱嗤之以鼻。

「我明明把它放在病房桌上……」封不解，但用這個杯子喝東西真的有放鬆心靈的效果，雖然也有可能是她自己的心理作用。

「所以說，花栗鼠，妳想到什麼了？」任凱瞇起眼睛。

「什麼東西？」只有阿谷還在狀況外。

「這要借用一下阿谷學長的能力了。」封咬著下唇。

「哇靠，妳叫我學長？肯定是有求於人。我錯過什麼了嗎？」

「我記得當時在學校教職員的資料庫裡，也見過凌老師的簡歷，但只是驚鴻一瞥，有可能是我記錯了……」

「現在手上又沒有電腦。」任凱兩手一攤。

「放心，我下載到手機裡了。」阿谷拿出手機，另外兩人瞪大眼睛。

「阿谷，你還真是奸詐……」任凱不由得嘆息。

「請你說我準備周到。」找到凌然的資料頁面後，阿谷將手機放到桌上，三個人擠在一起看著小小的螢幕。

「果然，你們看，凌老師一樣是我們學校畢業的！她跟羅老師同屆！」

這就是封一直覺得很奇怪的地方，羅秉佑說的那些話完全不像是喜歡那幾個女孩，而且方雅君又一直強調「所有人都不能接近他」。

「學長，你記不記得我們去羅老師家裡的時候，提到紫色琉璃的事情，羅老師卻說那是綺夢學姊偷走的？還有剛才，綺夢學姊說那個耳環是凌老師送的，而羅老師不是只會將琉璃送給他的女朋友們嗎？」

「這個……」任凱皺起眉頭。

「還有，在我快要暈倒之前，羅老師曾說過一些令人匪夷所思的話……」

「黎筱雨這女人真不知道哪裡好，明明我勾勾手指她就靠過來了，但和她交往實在是太麻煩了，我才輕輕推她一下就死了，有夠脆弱。而米蘭達不聽話，我不喜歡不聽話的女人，她如果乖一點就好了，所以我用繩子勒死她，讓她再也不能說話。至於方雅則是太過善妒，竟然妄想威脅我，她是什麼東西，憑什麼說那些侮蔑她的話？所以我將她壓到水桶裡，原來那麼淺的水桶也淹得死人啊……至於顏綺夢，她是最該死的一個……」

那番話怎麼聽都不像是喜歡她們，反而像是嫉妒。

「加上凌老師和綺夢學姊剛才……你們不覺得奇怪嗎？」封眉頭深鎖，「她們兩個的互動不像師生，反而像是戀人……」

「等一下，所以說，你們覺得凌老師是主謀？」阿谷不敢置信地打斷封未完的話，三個人陷入不安的沉默。

「我就知道你們誤會了，還好有跟過來。」

忽然，凌然的聲音出現在後頭，她手叉著腰，表情無奈。

封嚇得差點從椅子上摔下來，另外兩個男生也是一臉驚恐，倒是凌然泰然自若，還拉了把椅子坐下。

「凌老師願意和我們說清楚嗎？」任凱一邊說，一邊偷偷使用手機開始錄音。

凌然嘆了一口氣，「的確，我和羅秉佑是同屆，我們兩個是隔壁班同學，當年他追求過我，我始終拒絕，一直到高二我才和他說實話——我不會喜歡男生，我喜歡的是女生。」

她的自白讓三人瞪大眼睛，而這種反應顯然在凌然的預料之中，她嫣然一笑，繼續說道：「當初羅秉佑的反應就跟你們一樣，他以為我騙他，於是我告訴他我當時暗戀的對象，就是黎筱雨。」

「黎筱雨？」三個人驚呼，引起了許多人的注意，他們趕緊低下頭。

「結果沒多久，他就和黎筱雨交往了，我想這是他對我的報復吧。後來聽說筱雨失蹤了，我沒有追查，現在想想，當時應該要追查的，但那時候我只覺得失戀了，非常難過。」凌然摸著自己纖長的手指，「羅秉佑和我念了同一所大學，當時我受社團學妹邀請回到學校，認識了米蘭達，她的開朗風趣吸引了我，但我對她的感覺還不到愛情。隨後羅秉佑同樣受邀回學校，他告訴我他和米蘭達在一起了，那是我第一次覺得他很可怕，好像只要我稍微喜歡上誰，他就會搶走那個人。」

三人互看一眼，他們都想不到羅秉佑會做出這樣的事情，不過他連人都敢殺了，其實再怎麼樣也都不意外。

「再來，我第一次來學校實習，被方雅君所吸引，同樣的事情又發生了。所以後來喜歡上顏綺夢的時候，我特別小心翼翼，將其當成最深的祕密，很幸運的是，這段感情得以開花結果，沒想到羅秉佑他居然……」凌然說著，忍不住哽咽，「好在綺夢沒事，不然我眞的……」

「那紫色琉璃是怎麼回事？」任凱問。

「那是羅秉佑送我的，他可能以爲我該喜歡上他了，他不只一次暗示過我，我不可能有辦法和女生在一起，因爲他會一直故技重施。所以，當我眞的找到可以一起走下去的人後，我想告訴羅秉佑，我也可以擁有自己的幸福，於是便將他送我的耳環轉送給綺夢，想藉此讓他知道，他對我的愛情沒有意義，而我的愛情給了綺夢。」

「凌老師，妳難道不怕羅老師傷害綺夢學姊？」

「我當時並不知道他會殺掉她們，我只是想要告訴他，我並不是找不到相愛的對象。那一陣子他的確很安分，而且綺夢就快要畢業，我們穩定交往也有兩年多了，我眞的沒有料到他會動手……」凌然將臉埋在手心裡哭了起來，阿谷不忍心，走過去輕拍凌然的背。

「這些話，老師會跟警察說吧？」阿谷問。

「當然，隱瞞將造就誤會，爲了綺夢，也爲了我自己，還有黎筱雨她們的家人，我都該全盤托出。我不會推卸責任，也許這些事有很大一部分是我的責任。」

「是傷害人的人不對。」阿谷垂下目光。

封咬著下唇，她想相信凌然說的話，可她的內心依舊存有懷疑，兩種念頭不斷拉扯。

任凱則是動也不動，他忍著眼窩的強烈劇痛，看著站在凌然身後的方雅君，她聲嘶力竭、痛苦萬分地喊著——

她說謊！是她唆使的，她得不到，就不要留，這陰險的女人利用羅老師，毀了鬼魂會不會說謊呢？

都說人之將死，其言也善，那麼想必已經死去的人更沒有理由扯謊。活著的人，永遠都是最恐怖、最虛偽的。

「那希望磊警官會好好證明凌老師的清白了。」任凱微笑，當凌然看向他的雙眼時，不由得一顫。

任凱的眼神冰冷、毫無情感，彷彿看過太多骯髒的人性。

「學長……」不安的封將手覆在任凱的手上，任凱難得沒有臉紅，只是轉過頭，靜靜地看著她。

「我是清白的。」凌然的話與她背後的鬼魂所言完全相反。

當凌然跟著磊向東前往警局做筆錄的時候，一直跟在她身後尖叫哭喊的方雅君也消失了。任凱猜測，方雅君想必是去找羅秉佑了，就算羅秉佑從沒愛過她、甚至殺了她，但她仍舊不選擇升天，而是繼續跟著他。

那是愛、是恨，還是不甘心？

「沒想到綺夢學姊喜歡女生啊，難怪一直對我沒興趣，我就想說奇怪，怎麼可能有女生會不喜歡我？」三人站在醫院外頭，目送磊向東的警車離開，阿谷抬頭瞥見顏綺夢在病房窗邊凝望凌然離去的模樣，不禁嘆氣。

「阿谷，你眞的很糟糕耶！反正你本來也只是因爲學姊的外貌而對她有好感罷了。」封不滿地噘起嘴。

「那又怎樣？」阿谷聳肩，「喂，雖然我不是很想知道，但還是有點好奇，凌老師既然也有羅秉佑送的琉璃耳環，那爲什麼方雅君她們不會找上凌老師？」

「對耶，這點好怪，凌老師似乎壓根不知道有鬼魂作祟。」封也感到奇怪。

「我想是有煞氣吧。」任凱淡淡地開口，「就像她們也不會去跟在羅秉佑身邊，只是在校園裡徘徊一樣，也許她們無法對害了自己的人復仇。」

「但警衛不是說，羅老師好像被什麼追趕著一樣嗎？」

任凱聳聳肩，「可能事情到了一個段落，就會遭到反噬吧。」

他想起很久以前的事情，所以，他才會看不見「他」。

「唉，人心眞是可怕。」封皺起眉頭，受害者都是無辜的人。

「談個戀愛都可以被殺，根本變態！」阿谷嗤之以鼻。

「是啊，明明是愛，卻扭曲了一切，其實也根本已經不能叫做『愛』了，對不對？」封有感而發。

阿谷瞇起眼睛，「聽不懂妳在說啥，小瘋子。」

「智商低才聽不懂！」封回擊。

任凱在旁邊沒有說話，封和阿谷對看一眼，阿谷用手肘推了推封，要她和任凱搭話。

封咳了兩聲，「學長，天氣很好呢。」

任凱抬起頭看著露出微笑的封，封身上那種熟悉的感覺，不知爲何令他有點想哭。

於是任凱也撐起笑容，和她一同仰望藍天白雲。短短三天，他們歷經了一般人可能一輩子都不會遇到的事情，如今還能活著已算得上是福大命大。

阿谷見狀鬆了一口氣，異想天開地說他們也許有機會接受新聞採訪，是不是應該先去Sedo一下，封嘲笑阿谷的用詞老派，兩個人又吵吵鬧鬧起來。

而任凱只是默默盯著封。第一次看見封，他便發現她的身上有種舒服的正向氣息，且她的周圍一直都環繞著一層淡淡的光暈，現在，那光暈更明亮了。

這是否跟她受傷後會莫名復原有關？

另外，對於封能夠察覺凌然有異，他感到很不可思議，還有咖啡廳的小虎同樣有些不對勁。雖然這一切表面上看似無關，但會不會其實全都有著千絲萬縷的關係？

他思考了一會兒，最後還是聳聳肩，暫且將這些拋在一旁。該知道的時候，就會知道了。

醫院大門外的馬路上，一台黑色加長禮車的引擎嗡嗡作響。

戴著墨鏡坐在後座的女人朝外輕瞥一眼，關上窗戶，車子揚長而去。

她在車內深吸一口氣，神色哀傷。

「爲了讓『兩極』甦醒，你們什麼都做得出來是嗎？」她的聲音空靈，彷彿不屬於這個世界。

隔著一條街，小虎眯著眼睛站在馬路邊，銀白色的頭髮微微迎風飛揚，雙拳緊握。

他無法阻止事情的發生，只能順水推舟，因爲在尚未擁有力量以前，抵抗命運是不智的。

遠方，在那片竹林中的大宅裡，一雙纖細的手將五角棋放上棋盤，她用手中的扇子掩著嘴，看著對面閉上雙眼的年輕主子。

「零……」女人開口。

「我聽見了。」零睜開眼睛，悠悠望向屋外，「時間到了。」

（未完待續）

後記

哈囉大家好，這次Misa不是寫愛情小說，而是奇幻輕靈異類型的故事，你們還喜歡嗎？

《當風止息時》的背景一樣在高中校園，乍看之下是很普通的靈異故事，但是背後還牽扯了另一段故事，也就是男女主角的眞實身分。

還是先跳回來提一下創作過程吧，這是我好幾年前完成的作品，經歷了超多次的大修稿，最後才成爲你們現在手上的這本書。

期間的心酸血淚就不多提了，來說說其他部分吧。在創作的時候，我首先決定的是學校建築的平面圖，但是每次寫高中，我的腦袋裡就會浮現自己就讀的那所高中；寫大學，腦袋裡就會浮現自己就讀的那所大學，所以最近我都會到網路上搜尋各所高中與大學的平面圖，偶而還會到別的學校走走，拍照取材，所以也歡迎大家跟我介紹一下你們的校園環境唷！

這陣子我曾去過中部的一所中學，後來就將它寫進小說裡了，不知到時大家會不會發現是哪一所呢？啊，離題了，回到《當風止息時》吧。會取這樣一個書名，當然有其用意，各位繼續看下去就會知道原因了。

小時候曾聽大人說過不能亂撿地上的紅包，會將姻緣牽回家，於是我便以這個爲發想，在卷一的故事裡讓可愛的封葉撿起了美麗的琉璃，展開了一連串的事件。大家有過亂撿東西的經驗嗎？

封葉是個迷糊的小天然呆，而蠢蠢的女主角就要搭配一個帥氣又有點反差萌的男主角，任凱就是個這樣的角色。有魅力、受歡迎，還有點壞，卻會因爲女生的肢體碰觸而臉紅，但如果是他自己主動碰觸別人就沒關係，很怪吧？（笑）

擁有陰陽眼的任凱，遇見了招鬼體質的封葉，兩個人會擦出怎樣的火花呢？我已經可以想像在往後的日子裡，任凱不斷幫封收拾善後的慘況了。他看似不體貼，卻始終沒有丟下封不管。

故事中的阿谷與小虎是我很喜歡的兩個角色，感覺阿谷和任凱可以組成相聲或是偶像團體，一定會大紅的。而神祕的小虎在我的想像中，就像《捍衛聯盟》裡的傑克凍人一樣帥氣，笑起來既迷人又不羈。

在卷一的最後，大家是否猜到兇手是誰了呢？

因爲得不到自己喜歡的人，便奪走對方喜歡的人，而又因爲得不到對方，而毀了對方。這樣的喜歡，是眞的喜歡嗎？

故事裡每一個人的出發點似乎都是愛，爲孩子藏匿屍體的爸爸、爲愛人殺了別人的男人、爲得不到所愛而利用男人的女人……

那些被傷害的女孩們，在最後大都選擇了放下與離開，唯一留下來的，也是因爲愛情而不肯離去。

愛情有時候很美好，有時候卻很可怕，用錯方式愛人，便會讓自己與他人都受到傷害。人可能因爲愛而變得堅強，選擇原諒或是寬容對待傷害自己的人；也可能會變得脆弱，因爲愛而失去理智。但眞正的愛不該變成傷害。

如果你們看過Misa寫的恐怖靈異小說，就會知道雖然我把人性寫得黑暗又扭曲，不過想傳達的意念永遠都是正面的。在我的故事中，惡有惡報是必然，傷害別人的人終將會受到懲罰。

但《當風止息時》並不僅是描寫人性的黑暗，這是和以往不太一樣的，我想講述的是另一個世界的秩序，那是存在於現實的異世界。

希望你們會喜歡，那我們下次見嘍。

Misa

國家圖書館出版品預行編目資料

當風止息時．1，琉璃鬼殺 / Misa著. -- 初版. -- 臺北市；城邦原創出版：家庭傳媒城邦分公司發行，民 104.07
面；公分

ISBN 978-986-91519-7-9（平裝）

857.7　　104010876

當風止息時01 琉璃鬼殺

作　　者／Misa
企畫選書／楊馥蔓
責任編輯／陳思涵

行銷業務／林政杰
總 編 輯／楊馥蔓
總 經 理／伍文翠
發 行 人／何飛鵬
法律顧問／台英國際商務法律事務所　羅明通律師
出　　版／城邦原創股份有限公司
台北市中山區民生東路二段 149 號 6 樓 A 室
電話：(02) 2509-5506　傳眞：(02) 2500-1933
E-mail：service@popo.tw
發　　行／英屬蓋曼群島商家庭傳媒股份有限公司城邦分公司
聯絡地址：台北市中山區民生東路二段 141 號 11 樓
書虫客服服務專線：(02) 25007718・(02) 25007719
24小時傳眞服務：(02) 25001990・(02) 25001991
服務時間：週一至週五09:30-12:00・13:30-17:00
郵撥帳號：19863813　戶名：書虫股份有限公司
讀者服務信箱 email：service@readingclub.com.tw
城邦讀書花園網址：www.cite.com.tw
香港發行所／城邦（香港）出版集團有限公司
地址：香港灣仔駱克道 193 號東超商業中心 1 樓
email：hkcite@biznetvigator.com
電話：(852)25086231　傳眞：(852) 25789337
馬新發行所／城邦（馬新）出版集團 Cité(M)Sdn. Bhd.
41, Jalan Radin Anum, Bandar Baru Sri Petaling,
57000 Kuala Lumpur, Malaysia.
電話：(603) 90578822　　傳眞：(603) 90576622
email:cite@cite.com.my

封面插畫／Izumi
封面設計／黃聖文
印　　刷／城邦印書館股份有限公司
電腦排版／陳瑜安
經 銷 商／高見文化行銷股份有限公司
客服專線：0800-055-365　傳眞：(02)2668-9790

■ 2015 年（民 104）7月初版　　Printed in Taiwan

定價／230元

ISBN　978-986-91519-7-9

本書如有缺頁、倒裝，請來信至service@popo.tw，會有專人協助換書事宜，謝謝！

POPO城邦原創 www.popo.tw　城邦讀書花園 www.cite.com.tw